見習い神主と狐神使の
あやかし交渉譚

江本マシメサ

ポプラ文庫ピュアフル

目次

ありえない大事件

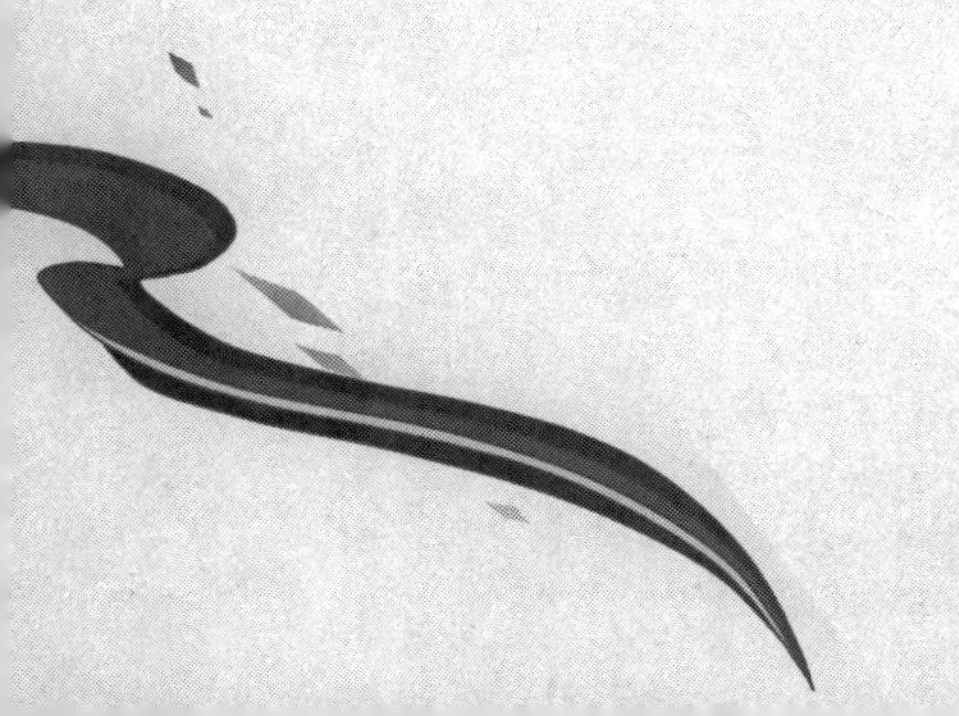

——うちの親父に狐耳が生えた!? そんな馬鹿な!!

いやいや、今となってはそんなことなどどうでもいい。現在、中年親父の狐耳なんぞ大きな問題ではなかった。じいさんが死んだあとの神社は大変なことになっている。神の眷属である神使狐の片割れを亡くした『七ツ星稲荷神社』では、不可解な事件が起きていたのだ。発かれる賽銭箱、獣の爪痕のようなものが残った楼門と鳥居、正体不明の怪奇現象まで。その脅威は、俺たち家族にも牙を剥こうとしていた。

夜桜の花びらが舞い散る中、『彼女』が現れる。

夜中の二時半。八十九歳になるじいさんが危ないと聞き、急いで寝室に向かった。眠るじいさんの周りを、家族と医師がすでに囲んでいる。

宮司をしている父に、その手伝いをしている母。それから、中学二年生の妹。お医者さんは顔馴染みである近所の病院の小西先生。

じいさんは一週間前から、具合が悪いと言って寝込むことが多かった。みんな、市の大きな病院に行けと勧めていたが、本人が猛烈に拒絶したのだ。

昔からじいさんは病院嫌いだったらしい。

近所に住む小西先生に訪問診療をお願いした結果、ただの風邪で、数日安静にしていればよくなると言っていた。それなのに——。

顔を歪め、苦しむじいさん。今、救急車を呼んだと父が言っていた。それを聞いたじいさんが、掠れた声で「余計なことを」と返す。

「おい、話が、ある。先生は、席を、外してくれへんか？」

病床のじいさんは先生を追い出し、突然家族の前で語りはじめた。

「みな、すまん。すまん、かった」

なにに対する謝罪なのか。

じいさんも禿げているのに、長い間父を「禿げ息子」呼ばわりしていたことか。それとも、挨拶代わりに母の尻を撫でていたことか。酔っ払うたびに、俺に猥談を語って聞かせようとしたことか。妹に最近の中学生はどうして体育の時間にブルマをはかないのかと、並々ならぬ興味を示していたことか。

じいさんのことを考えれば考えるほど、しょうもない思い出ばかり浮かんでくる。とんでもないエロジジイだったのだ。早くにばあさんを亡くし、寂しかったのだろうと思って家族はみんな、じいさんに優しかった。

そんなじいさんも、神社にいるときだけは真面目な人だった。

うちは代々神職を家業とする一族で、大昔からある神社を守っている。宮司を務めていたじいさんは近隣住民の信頼も厚く、日々の参拝客もそこそこいて季節の催しは賑わっていた。二代前までは神主業だけでは食べていけなくて、農業と兼業だったと聞いたことがある。じいさんの力で神社の威厳と信仰心を復活させたのだ。

おかげさまでうちの神社は地域の人たちに愛され、年間行事にはたくさんの人が参拝に来てくれる。どれもこれも、じいさんの手腕だろう。

そんなじいさんとの別れが、今訪れようとしている。家族は悲痛な表情で病床のじいさんを見つめていた。

「父さん、もういいんだ。あとのことは私たちに任せて、ゆっくりと」

「わし、狐やったんや」

「は？」

「狐。狐と言うてるやろ」

突然の発言に家族は言葉を失う。なにも言えなくなった。

母は大粒の涙を零し出す。場の空気を少しでも明るくしようと気を遣ったじいさんの、渾身のギャグかなにかと思っていたのだろう。

「お義父(とう)さん、またそんなことを、おっしゃって……」

じいさんはなぜか、母にだけ何度も狐ギャグを繰り返していたようだ。

「今日はもうゆっくり休まれて、面白いお話はまた明日にしましょう」

じいさんは母の言葉に「ははは」と笑って返す。

笑い声がやむと、シンと静まり返る。じいさんは急に真面目な顔になり、「よう、聞け」と言った。こういう顔をするときに言うことは本当だと、家族の誰もが知っている。

しかしながら、語られた内容はとんでもないことであった。

改めてじいさんは、自分は人間ではないと言い出したのだ。

「父さん、人間でなかったら何者なんだ？」

「この神社を守る神使……狐の片割れや」

たしかに、うちの神社を守る狐の像は昔からひとつしかない。普通ペアでいるべきものが右だけ台座のみなのだ。だが、そんな突拍子もない話を信じることはできなかった。そんな俺たちに向かってじいさんは言う。

「ならば、封じられし神より授かった力を、解放してやる」

刹那、母と俺以外の家族に変化が起きた。

「――は？」

父の禿頭に狐の耳が生えた。妹のスカートの裾から、尻尾のようなものが見える。

ちょうど、時刻は草木も眠る丑三つ時。

何度も瞬きをして、頬も抓る。だが、禿げた父の頭からは耳が生え、ピコピコと動いている。妹のスカートの下からも、ふわふわモコモコの狐の尾が出てきていた。

俺の体も確認したが、なんの変化もなかった。目が合った母も大丈夫そうだ。

じいさんはこちらを見て、「そうか、やはりお前が」とだけ呟く。

「……とむ、どうか、みけ……のことを、頼む……」

「――え？」

いったいどういうことかと聞く前に、じいさんは息を引き取った。体にすがろうとしたら、じいさんの体が一瞬光に包まれる。布団の中にいたのは、狐だった。

家族はみんな、呆然としていた。


狐の姿のまま死んだじいさんは、秘密裏に埋葬された。小西先生が取り計らってくれたのだ。先生は七ツ星稲荷神社の信仰深い氏子で、じいさんの言った途方もない話を父から聞き、布団に横たわる狐を見たら信じてしまったのだ。まあでも、目の前にいる狐耳の父を見たら、信じるしかなかったのかもしれないが……。

父が呼んでしまった救急車の救命士には、小西先生が看取ったことを告げ、帰ってもらったようだ。

今回の件で、小西先生には本当に世話になった。感謝してもし尽せないだろう。

翌日、じいさんの葬儀『神葬祭（しんそうさい）』が行われた。

神葬祭は亡くなった人を家に留め、守護神になってもらうための神道の大切な儀式だ。

じいさんはいなくなるわけではない。日々、俺たちを見守ってくれている。そう思ったら、寂しくないような気がした。

父は儀式用の装束を纏い、狐の耳は烏帽子の中に詰め込んでいた。妹は尻尾を紐で縛り、ボリュームを抑え、長いスカートをはいている。ふたりとも大変そうだ。

いろいろと冷や冷やしていたが、何事もなく神葬祭は終わる。

じいさんがこの先もずっと、この家を守ってくれるように、みんなで祈りを捧げた。

近親者が亡くなると喪に服すのは当たり前だ。だが、神職者の場合は大変な事態となる。死は当事者以外にも穢れとなるので、神社に近づけなくなるのだ。

穢れといっても、死を忌避する意味合いはない。『穢れ』は『気枯れ』とも書き、生命力が枯渇した状態を示す。清浄な気を回復させるために、日を置かなければならないのだ。

身内が亡くなった場合、穢れから回復するまで二カ月ほどかかると言われていた。

だが、宮司である父が二カ月も休んだら、神社の仕事は回らない。どうするかといったら、身を清めるのだ。

「さあ、勉、中に入るんだ」

「……マジか」

「まじだ！」

葬儀の翌日の早朝――山道を車で登り、辿り着いたのは澄んだ水が流れる渓流。数カ所に滝があり、水量が豊富なここで禊を行う。

禊というのは自身の穢れを祓い、体を洗い清める儀式。禊の服装は褌。もう一度言う。服装は褌だ。褌は家で巻いてきた。

誰もいない山に分け入り、服を脱ぐ。父が毛糸の帽子を脱いだところ、狐の耳がぴょこんと出てくる。なんていうか、中年のケモミミとかキツイしエグイ。なるべく見ないようにして、服を畳んだ。最後に、白い鉢巻きを額に巻く。

森の中で褌一丁、鉢巻き姿の親子が誕生した。一方は獣耳を付けている。狐耳の中年親父なんて、事情を知らない人から見たら確実に変態だ。地元民に見つからないうちに、さっさと禊を終わらせなければならなかった。

日本海側の春は酷く冷える。川の中はさらに悲惨なことが予想された。だが神様のために、頑張るしかない。

禊のやり方は、多岐にわたっているらしい。水主村家では古くから伝わる方法で執り行われる。まずは褌姿で祓いの祝詞を唱え、そのあと、準備体操をして体を解す。それから滝の水を木桶に汲み、頭からかぶるのだ。

とりあえず、父がやるのを見守ることにした。父は最初息を呑んでいた。冷たい水が恐ろしいのだろう。だが、意を決して頭から冷水を被っていた。

「ぬおおおおん……!!」

まあ、あげるよね、悲鳴。俺も心を決めて水をかぶったが、声をあげるのはなんとか我慢した。それから、気合を入れて川の水へと浸かる。言わずもがな、死ぬほど冷たい。このまま五分間、耐えなければならないのだ。

水の中では、舟の櫂(かい)を漕ぐような動きをする。気合の入ったかけ声つきで。父とふたり震える声で大声を張りあげ、身を清める儀式を続ける。途中、あまりの過酷さに父の耳がぺたんと伏せられ、ふるふると震えていた。なるべく見ないようにする。

やっとのことで禊を終わらせた。このあとほかの神社の宮司さんにお祓いをしてもらったら、穢れを祓ったとされる。

「ああっ！」

父が情けない声をあげた。ふたり分のタオルを家に忘れたらしい。

「マジかよ……」

「まじなんだ……」

仕方がないので、着ていた下着で体を拭く。

「ああっ！」

またしても、父が悲惨な声をあげた。

「パンツを入れたかばんも忘れた」

「マジか」

こうなったら、そのままズボンをはいて帰るしかない。

パンツをはいていないなんておくびにも出さず、親子ふたり澄ました顔をして車に乗って帰ることになった。

——ジリリリリリ！

「うう〜ん……」

けたたましいスマホのアラームで目覚める。時刻は朝、五時十五分。

のろのろと起きあがり、制服に着替える。うちの高校では、学年ごとにネクタイの色が変わる。一年は緑、二年は赤、三年は青。高校二年生になったばかりの俺は、真新しい赤のネクタイを締めた。

今日は三日ぶりの学校。土日を挟んだので、欠席したのは一日だけだった。それでも授業に追いつくためにノートを写す必要があるので、気合を入れて登校しなければならない。

歯を磨き、顔を洗う。母が昼食用と朝食用の二食分が入った三段重ねの弁当箱と温かいお茶の入った水筒を渡してくれる。学校の帰りに豚肉と白菜、椎茸を買ってきてと頼まれた。千円を手渡され、おつりは小遣いにしていいらしい。

家を出て、自転車に跨る。家から一歩出ると、レンゲソウが咲いた田園風景が広がっていた。

ここは多良岳を望むのどかな街——長崎県大村市。坂が多い長崎県の中で、平坦地が多い土地である。俺が生まれた街はフルーツの里と呼ばれ、春はいちご、夏はぶどう、秋はなし、冬はみかんと一年中甘い香りに包まれている。

水主村家の婿養子だったじいさんは生前、「田んぼと畑しかないけれど、ええところや」としみじみ言っていた

漂う風は湿り気を帯びていた。うっすらと霧が広がり、視界はよくない。そんな状況の中で向かうのは、自宅から少々離れた場所にある父の職場——七ツ星稲荷神社。

カワセミが滑空する川を横切り、みかん畑沿いに坂を上って小学校の門を通り過ぎる。その先に、まっ赤な大鳥居が目印の神社があるのだ。

俺は毎朝、父の手伝いをしている。最初に行うのは、周辺地域を守ってくれる神使像のお手入れ。本来ならば左右対称となった狐の像があるはずの場所だが、片方だけしかない。父が生まれたときから、なかったらしい。

じいさんは今際の際に、自分はここの神使だと言っていた。にわかには信じがたい話だった。じいさんの体が狐に変化してしまったことも、父に狐の耳が生えたことも、妹に狐の尻尾が生えてしまったことも、すべてはあやかしに化かされているに決まっている。みんな、じいさんの死を受け入れることができずに、幻を見ているのだ。

……そう思わないと、やっていけない。

神社の息子だから霊が見えたり、怪奇現象に遭ったりするのだろうとよく聞かれる。だが、答えは否(ノー)。幼少時より、ごくごく普通の環境で育ってきた。

そのためいきなりこのような事態に瀕しても、困惑するばかりだった。

とりあえず答えの出ないことを考えるのはやめて、仕事を始めることにした。

参拝客を出迎えるのは大鳥居だ。それを抜けると幾重にも並んだ朱(あけ)の鳥居と階段がある。数は二十以上で、裏の参道にもいくつか。祀っているのが商売繁盛と五穀豊穣の神なので、願いが成就した企業などから奉納されるのだ。赤い鳥居がずらりと並ぶ光景は、「夜に見ると怖い」と友達に言われることもある。

そもそも、朱は神聖な色合いで、魔除けを意味するものでもあった。怖い要素なんてまったくないのに、不思議なものだ。

まあ、俺は小さい頃から見慣れているからなんとも思わないだけかもしれないけれど。

太陽の光がまぶしい。あと一時間ほどで登校時間だ。時間がないので朝の仕事を開始しなければならない。まず、家から持ってきたペットボトルの水で手と口を清める。それから、大鳥居の前で軽く会釈。神社は神様が鎮座するところなので、いつでも敬意を払うのを忘れないようにする。

鳥居が並ぶ階段を駆けあがると、楼門の前に神使像が鎮座している。神使とは、漢字の通り神の使いだ。稲荷神社の神使は狐である。次にここで、ひと仕事するのだ。

鞄の中からブラシを取り出し、楼門の前にある狐の像に近づく。昨晩は風が強かったからか、葉が積もるように像の上にかかっていた。それを取り払い、水で清めブラシで丁寧に磨いていく。

狐像の名は『ミケ』。じいさんが付けた名だ。初めて聞いたとき、猫じゃないんだからと指摘したのを覚えている。俺が初めて習った神社の仕事が、ミケさん像を磨くことだった。ちなみに、ミケはさん付けするように言われていた。理由は謎。じいさんはこの行為を機嫌取りだと言っていた。意味はよくわからない。寂しがるといけないから、なるべく毎日会いにきて、たまに話しかけてやってくれとも言われた。像を綺麗にすることよりも、そのほうが重要だとも。

一回だけ、じいさんがミケさんに話しかけながら泣いていたことがあった。小さい頃だったので、なにを言っていたか覚えていないし、記憶ちがいだったかもしれないとも思っている。いつか真意を聞こうと思っていたが、できないままだった。

そうこうしているうちに、時計の針は六時を指している。

ミケさん像の掃除を終え、楼門を抜けると、正面に真っ赤な建物――拝殿が見えてきた。銅の鈴に紅白の鈴緒が垂れ、その下には賽銭箱がある。拝殿内では、さまざまな儀式が行われるのだ。

参拝客が手を清める手水舎（ちょうずしゃ）を覗き込み、水面に浮かんでいる葉っぱを取り除く。

拝殿の前では、すでに父も仕事に取りかかっていた。父は白い作務衣姿で、頭に豆絞りを巻いている。だいたいいつもこの格好なので違和感はないが、よくよく見たら、頭部の形が狐の耳を押さえ込んでいるので僅かに歪んでいる。まあ、気づく人もいないだろう。

これから境内の掃除をする。神様がいる神社の中を綺麗にすることは、神職の重要な仕事のひとつである。

先に出勤していた父は掃除のほかに各神殿で朝拝をしたり、本殿や拝殿の床掃除をしたりしている。

俺は掃除の前に、境内に不審物がないか見て回る。拝殿の奥には本殿があり、さらにうしろには主祭神以外を祀る摂社や末社、神庫がある。今日も異常なし、だ。

見回りが終わったら、七時を知らせる朝の音楽が鳴るまで竹箒で落ち葉を掃く。境内のクスノキは春がいちばん落葉する。木の葉は秋に散るイメージがあるが、クスノキは春先に新しく芽吹かせると古い葉を紅葉させてはらりと落としていくのだ。幼い頃、春の落葉を珍しがっていたら、じいさんが教えてくれた。

『とむや。このクスノキは、春になって薄着になった女性を見て、まっ赤に染まり、パンツを下から覗くために落葉するんだ』

信じられないような冗談を、俺は信じていた。そんな馬鹿な話をしていたじいさんは、もういない。落ちた葉を掃きながら、ちょっぴりしんみりとしてしまった。

七時になれば朝食の時間だ。向かった先は拝殿に向かって左手にある社務所。ここは食事をしたり、神主や巫女が休憩をしたりする場所である。それ以外にも、おみくじやお守りの授与、お祓いや祈願の受付をする場でもあった。体を清めるための風呂や、休憩できる寝室、宴会を行う広間もある。

いつもはここに母がいるが、喪中であるのでしばらく来ることができない。代わりの巫女さんをもうひとり増やすようだ。父とふたり、黙々と母から持たされた弁当の朝食をとる。

父の頭の上に生える耳がピコピコと動いているのは、気にしたら負けだ。

そうしているうちに七時三十分になる。そろそろ学校に行かなければならない。大鳥居の近くに停めていた自転車のもとまで駆けていく。大鳥居を抜けたら、振り返って再び会釈。

――神様、じいさん、ばあさん、それから水主村家のご先祖様。いつもこの地を守ってくれてありがとうございます。どうか今日もよろしくお願いします。

心の中で祈り、頭をあげた瞬間に背後から声がかかった。

「よっ、行こうぜ」

自転車に跨り、手をひらひらとさせているのは、幼馴染みの山田修二(やまだしゅうじ)。近所にある饅頭屋(まんじゅうや)の息子で、小さい頃から付き合いがあった。

うちの神社は百年以上も前から、神様にお供えする神饌(しんせん)に修二の家の饅頭を供えていた。最初に会った記憶は残っていない。気がつけばいつも修二と妹と三人で遊んでいた。

「おい、じいさんのこと……大丈夫か？」

「ん？　うん」

「そっか」

修二は背中をバンと叩いた。気を落とすなと暗に言ってくれているのがわかる。

「トム、肩に葉っぱ」

「おっと、ありがとう」

「ユアウェルカム」

「なんで英語なんだよ」

「トムだから」

トムというのは勉という名前を短縮したものだ。名前由来のほかにも、見た目がトムっぽいという、わけのわからない理由もある。

トムっぽいかはさておき、水主村家はイギリス人の血が混じっていた。父方の曾(そう)祖母がイギリス人で、祖母はハーフ。だから父はクオーターだ。だが、禿頭で目の色は黒。じいさんの血が濃かったからか日本人にしか見えず、誰も信じてくれないと嘆いていた。加えて、母は父のはとこで、イギリス人である。妹も俺も、髪は金髪、目は青色で、見た目はわりとイギリス寄りなのだ。

それはさておき、修二のせいもあって、トム呼ばわりが広がってしまった。今では学校の友達のほとんどにトムと呼ばれている。事情を知らない人からは、留学生だと思われていることも珍しくない。神社の家の子だと言ったら、さらに驚かれる。が、トムという気安い呼び方のおかげで友達もできやすいし、今では若干感謝していた。

そういえばじいさんにも「とむ」と呼ばれていた。勉よりとむの方が発音しやすいから、という理由で。古風な名前を考えてくれたのは母方のおじいさんだった。まあ、好きなように呼べばいい。

「トム、コンビニ寄ってから行こう。今日朝飯と弁当なかったんだよ」

「いいけど」

自転車に跨り、緩やかな坂を下っていく。

饅頭屋の朝は神社の朝より大変だ。早朝から家族が饅頭づくりに出てしまうので、朝、家には誰もいない。従業員は修二の両親と六歳年上の兄、兄の嫁、以上。家族経営の店だ。繁忙期は俺も小遣い稼ぎに行っている。

そんな環境なので、運が悪かったら朝食の準備もされていないらしい。

「なあ、修二、朝飯ないときは社務所に来ていいって言っているだろ？」

「いやー、親子水入らずの中に入るのも悪いからな」

「悪くないって」

と言っても修二の朝飯がない日は週に一回あるかないか。母さんがつくった弁当を一緒に食べようと声をかけても、なかなか誘いにのってくれない。大ざっぱに見えて、案外遠慮深いというか、繊細な奴なのだ。

最寄りのコンビニに到着。駐輪場にはほかの生徒の自転車が大量に並んでいた。盗まれたら大変なので、きっちり施錠して店に入る。修二は買い物カゴの中にメロンパンふたつと鮭、昆布、梅のおにぎり三つを放り込んでいた。レジ横にあるホットスナックもいくつか買うようだ。俺は非常食用に、棒状駄菓子を三本購入。

それから十分で学校に到着した。ちょうど、八時の鐘が鳴る。

修二は野球部の部室で朝飯を食べるらしく、下駄箱前で別れる。

教室に行き、友達に頼み込んでノートを借り、必死になって書き写す。

一時間目の数学まであと少し。数式の解き方も解説してほしい。そう頼んだら、静かに顔を背ける友達。

残り時間を確認しようと腕時計を見て、表示された日付にハッとする。

「あ、やべえ！　今日十六日じゃんか！」

「うわ、トム、ツイてない……」

「休み明け早々、気の毒だな」

毎月十六日は俺にとって不幸の日でもある。教師の持つ名簿には、はっきりと記されている。水主村勉、出席番号十六番、と。つまり、今日は授業中に教師からばんばん当てられるのだ。

「あー、クソ、だったら、吉田(よしだ)――はだめか。じゃ、白石(しらいし)さんに聞く!!」

「トム、お前、勇気あるな」

こういうとき学級委員を頼るが男子の吉田は今日は日直のようで、黒板を綺麗にしたり日報を書いたりと忙しそうだった。もうひとり、女子の学級委員である白石さんは学年でいちばんの美人で、成績もトップクラスの完璧女子だ。俺たちにとっては高嶺の花。話しかけるのもハードルが高い。だが、困ったときは照れている場合ではない。

いちばん前の席に座る白石さんは、たくさんの女子に囲まれていた。あそこだけ、神聖な結界が張ってあるようにも見える。普段だったら絶対に絡まない。でも、吉田が忙しくしている今、頼りは白石さんしかいない。

頑張って腹をくくる。

「行ってくる!!」

「さ、さすが、メリケン人。コミュ力高(たけ)えな」

「アメリカ人じゃねえよ」

俺は日英ハーフだ！　いや、親父はクオーターで……。ええい、面倒くさい。「もうなんでもいい」と捨て台詞を残し、ノートを握って白石さんに頼み込みにいく。

楽しく会話している中に無理やり入る形になったので、なんだこいつ的な空気になる。喩えるならば、猫の集団に大型犬が空気も読まずに加わったと言えばいいのか。

「あ、えーっと」

「水主村君、どうしたの？」

「休んだ日の、授業のこと、教えてほしくて。ほら、吉田は今、黒板消しているし」

「うん、いいよ。教科は？」

幸いにも、心優しい白石さんは数式の解き方を丁寧に教えてくれた。取り巻き女子の視線が突き刺さるが、気にしないでおく。

お礼にポケットの中に入っていたコーンポタージュ味の棒状駄菓子をあげたら、苦笑された。吉田はこれで喜ぶんだけどな。


授業が終わったらさっさと帰宅する。白石さんのおかげでなんとか授業についていけたし、先生に当てられても答えることができた。感謝しかない。

俺は家の手伝いをしているので、部活はしていない。修二のやっている野球にまったく心は惹かれない——と言えば嘘になる。父も母も、部活をすることに反対はしていなかった。

でも、俺には部活動よりも、家に帰って神社の手伝いをすることのほうが重要だった。子供の頃じいさんが用意してくれた、ご褒美の駄菓子の力も大きかったのかもしれない。そんなわけで、神社の手伝いをすることは俺の中で生活の一部となっていた。

途中、おつかいを頼まれていたことを思い出す。

豚肉と白菜と椎茸だったか。帰り道にあるスーパーで買い、残ったお金でパンをふたつ購入。この時間になるとどうにも腹が空いてしまうのだ。家に帰ってパンを抜き、袋ごと母に渡した。そのまま神社に行くと言ったら、二段の重箱を手渡される。

「なに、これ？」

「桜餅。みんなで食べてね」

スコーンとかクッキーを焼きそうな容姿をしている母であるが、中身は生粋の日本人だ。ちなみに結婚前の氏名はエミリー・マカリスター。

総本家であるマカリスター家はイギリスに本社を置く大手の製菓会社、『マカリスター製菓』を経営しているらしい。なぜか大村市に支社があり、その関係でうちとも昔から付き合いがあったとか。

一族はたいそうな日本マニアで、親戚は一年に一度七ツ星稲荷神社を目当てにやって来る。親戚といっても遠いし、なんというか、セレブという感じで、住む世界がちがう人たちだなという印象しかない。

この辺の地域はマカリスター製菓の工場があるおかげで大きく発展した。近くに空港もあるし、大きなショッピングモールもある。田舎だけど、住みやすい場所なのだ。そういうわけでこの街のお年寄りはマカリスター家に対し、一目置いている。だから、曾じいさんの代でも異国人の血を入れることに抵抗はなかったらしい。

一方で支社長の娘として日本で生まれた母は、慎ましい家庭環境で育つ。日本マニアの両親の教育により母はどこの誰よりも大和撫子である。というのはじいさんの口癖だった。その言葉のとおり、母の得意料理は和食で、普段から自分で着物を着つけるという、古風な日本人の暮らしをしていた。

「夕飯はお鍋だから、お父さんに言っておいてね」

「わかった」

春なのに——鍋。それはいいとして、急がなければ。どうせ神社で着替えるので、制服のままで向かう。神社に着いたら鳥居の前でお辞儀。階段を駆けあがり、狐像のミケさんに葉が付いていたので手で払う。

楼門を潜ると、社務所の前で、父が箒で落ち葉掃きをしていた。

「ただいま」

「おかえりなさい」

『母特製の桜餅あるよ』と、ジェスチャーで伝える。和菓子全般が大好物の父は、嬉しそうな笑みを浮かべた。

社務所には参拝客の対応をしてくれるふたりの巫女さんがいた。お守りの授与所などに誰かが来たら声をかけてくるだろうと思い、四人で桜餅をいただくことにする。

「エミリーさんの桜餅、とってもおいしいですね」

感想を言っているのは、三年前からうちの神社で巫女をしている瀬上さん。落ち着いていて頼りになるお姉さんだ。

「ええ、あの金髪碧眼の奥様が桜餅をつくるなんて、とっても意外です」

隣で頷いているのは、新しい巫女の野中さん。大学生らしい。

桜餅を二個食べたあと、俺はスーパーで買ったパンを食べた。腹ごしらえ完了。仕事着に着替える。纏うのは白い袴。神主は階位によって、纏う袴の色も変わってくる。見習い神主は白、その上が浅葱、紫紋なし、紫紋あり、紫に濃い藤紋、白地に藤紋と、階級が上にいけば袴の色や柄などが変わっていく。俺の高校のネクタイのようだった。

着替えを手早く済ませてから、父に代わって境内の掃除を始める。

十八時になれば神社の参拝時間は終了。仕上げの清掃をし、最後に神様へ夕拝を行う。それが終わったら、神殿を閉めて一日の仕事は終わり。

「さて、勉、帰るか！」

夕食はなにかなと言いながら自転車に跨り、先に進んでいく父。

……やばい。夕食は鍋だという伝言をすっかり忘れていた。

ふと気づくと、俺は夜の神社の境内にいた。

無意識に神社にやって来たなんてありえない。しかし、それ以上にありえない行為が繰り広げられていた。

よくわからない黒いモノが神社を荒らしているのだ。賽銭箱が壊されている。参拝時に鳴らす鈴と鈴緒は地面に落ちていた。さらに、なぜかとても寒かった。春の肌寒さではない。一月から二月の、冬まっ盛りの中にいるような。さきほどから、全身の震えが止まらない。

大きさは二メートル半ほど――ちょうど、馬と同じくらいか。そんな黒く大きな生き物が、こちらを振り返る。赤い目がふたつ、ぎょろりと不気味に光っていた。

あれはいったいなんなのか。熊でもない、猪でもない、初めて見る異様な生き物。そいつが、長く大きな爪を振り上げてくる。

悲鳴なんか出てこない。

ここから逃げなければと、きびすを返し、必死になって階段のほうへ向かって駆けていく。全力疾走し、なんとか狐の神使像がある場所へ辿り着く。楼門には引っ掻かれた痕がある。

俺はどうしてか、必死になって狐像のミケさんに「早く逃げたほうがいい」と語りかけていた。そして階段を駆け下り、大鳥居を見上げるとそこにも傷が……。そこで、景色は暗転する。

体をビクリと震わせ、目を覚ます。

「夢……か」

酷い夢だった。額には汗がびっしりと浮かんでいる。スマホで時間を確認したら、まだ夜の二時だった。丑三つ時だからこのような夢を見てしまったのだろう。そう思って再び眠ることにした。

早朝、父に起こされる。

「勉！　勉！　起きなさい！」

「んー、なに？」

「神社が、荒らされていた」

「なっ、なんだって!?」

一瞬で目が覚めたのと同時に、昨日見た夢が鮮明によみがえった。

「今から警察が現場検証に来る。私は神社に戻るから」

「あ、父さん、俺も行く！」

急いで制服に着替えて、自転車で父のあとを追った。

神社に着き、大鳥居の様子を見て絶句する。夢で見たものと同じように、獣の引っ掻き傷のようなものがあったからだ。

「父さん、これ……」

「おそらくナイフで引っ掻いたんだろう。酷い話だ」

ナイフだって？　どこから見ても、傷は獣の爪で掻いた痕にしか見えない。

そういえば、ミケさんはどうなったのか。階段を駆け上がり、神使像を目指す。

ミケさん像は——無事だ。本当によかった。

しかし、傷は神使像の奥にある楼門にも付けられていた。誰が、こんな酷いことをしたのか。

「勉、ぼんやりして大丈夫か？」

「あ……うん」

神社が荒らされたことはショックだけれど、落ち込んでいる場合ではない。現実と向き合わなければ。

鳥居や楼門の傷は深さからして、北海道のヒグマとか、日本にはいないグリズリーとか、そういう大型の獣しか付けることができない、大きなものだった。この大村の地に、熊は生息していない。というか、九州自体に野生の熊はいないのだ。そういうことから考えたら、たしかにナイフで傷つけたと思うほうが現実的である。

　境内も酷いあり様であった。ここも、夢と同じで――現実になるなんてありえないと思った。呆然としながら、荒らされた神社を見る。

「勉はもういいから学校に行きなさい。ほら、これを持って」

「あ、うん。ありがとう」

　父がコンビニで朝食と昼食を買ってから学校に行けと千円札をくれた。いつの間にか警察が来て、現場検証が始まっている。

　時計を見たら七時半になっていた。今日は修二は朝練があるので、今日は待っていない。

　自転車を漕いで学校へと向かった。朝の事件が衝撃的すぎて、コンビニに寄り忘れてしまった。

　授業も上の空で頭に入ってこなかった。昼食は購買にパンを買いにいったけれど、ぼんやりしていたからか出遅れてしまったようだ。もうコッペパンしか残っていない。別売りのジャムとマーガリン、コーヒー牛乳を買って屋上に行く。

　スマホを取り出したら、母からお弁当を持っていこうかというメッセージが九時過ぎに入っていた。連絡があったなんてまったく気づいていなかった。購買でパンを買ったから大丈夫と返信しておく。

学校が終わったあと、まっすぐ神社に向かった。鳥居や楼門は傷が付いたままだったけれど、境内の中は綺麗になっていた。父は疲れた顔をしていて、ベテラン巫女の瀬上さんも同様である。

瀬上さんは俺の顔を見るとすぐに参拝客の対応に戻っていった。社務所で親子ふたりになると、父は大きなため息を吐く。

「いやあ、捜査は難航しそうだよ」

証拠がまったく見当たらなかったらしい。そして、驚くべきことを父は口にする。

「付けられた傷だが、ナイフじゃなかったみたいなんだ」

「え?」

「詳しく調べなければわからないらしいけど、警察は獣の爪のようだと」

さっと、全身の血の気が引く。やはり、昨晩のことは夢じゃなかった?

夢の様子はずいぶんと現実的なものだった。とはいえ、あれが現実だったと決めつけることは難しい。でも、いちばんの非現実がここにいた。それは、狐の耳を生やした父だ。

念のため、質問をする。

「……父さん、神社を荒らしたのは、誰の仕業だと思う?」

「個人的見解だが、今回の事件は『あやかし』の仕業では、と考えている」

あやかし——もののけや妖怪と言ったほうがわかりやすいだろうか。小さい頃、修二といたずらをしたときじいさんに「あやかしに連れていかれるぞ！」と怒られたものだ。

「あやかしとか、神道の言い伝えって、昔話とか、物語の中の話なんじゃ？」

「いや、昔から不思議なことは多々あった」

父曰く、まずじいさんの存在自体が、摩訶（まか）不思議だったらしい。

「母さん、勉のおばあさんから口止めされていたんだが……」

「ばあさんに？」

それは、じいさんとばあさんの出会いに遡るという。

「父さんは神社の大鳥居の前で倒れていたんだ」

「それのどこが不思議？」

「巫女装束で」

「巫女装束を着たじいさんとか、ただの変態なんじゃ……」

常識を逸したじいさんの格好はさておき。

その当時は、梅雨の時期だった。記録的な集中豪雨に見舞われ、地盤の緩みによる災害が至る場所で発生している状態だったようだ。これは神の祟りだと、当時の宮司であった曾じいさんは判断したそうだ。

「神様にも二面性があることは知っているね？」

「荒魂（アラミタマ）と、和魂（ニギミタマ）、だっけ？」

荒魂は厄病を広め、人の心を荒んだものにさせる。

和魂は自然に恵みを与え、人の心を優しく和ませる。

神道の教えでは、すべての荒魂が悪いというわけではない。荒魂を持って戦場で活躍し、和魂を持って聖上(せいじょう)に仕える神様の伝承も残っている。一口に神様と言っても、さまざまな面があるのだ。

「それで?」

「ああ、話が逸れてしまったね」

なんらかの理由があり、神様の魂は荒れてしまった。ゆえに、大雨が何日も続き、土地に厄災が降りかかってきたと騒ぎになった。神社では神の魂を鎮めようと、神主や巫女総出で儀式が執り行われた。夜通しご祈禱を奏上し、鎮魂の神楽(かぐら)を舞った。

だが、祈りは神に届かなかった。そんな中、巫女装束のじいさんが現れた。

「外は土砂降り。神社の中はてんやわんや。父さんのおかしな格好を気にしている場合じゃなかったんだ」

鳥居の前で倒れていたじいさんを、食事を持ってくるために自宅と神社を行き来していたばあさんが発見し保護した。

「父さんは母さんにだけ、自分は神の使いだと話していたらしい」

じいさんは祝詞を詠ませてくれと、宮司をしていた曾じいさんに土下座をして頼んだという。他人に祈禱をさせるわけにはいかないと、曾じいさんは激怒した。けれど、三日三晩儀式をして声は嗄れ、疲労困憊状態になり、最終的に曾じいさんが折れ、じいさんは神の怒りを鎮める『まつり』を行うことになる。

「それで、儀式は大成功。バケツをひっくり返したような雨は、ぴたりと止まった」

曾じいさんは深く感謝し、行くあてのなかったじいさんを家に置くことになった。そして、いろいろあってじいさんとばあさんは結婚したと。

「……昔から、父さんといるときに、妙な物音を聞いたり、誰もいないところでなにかの気配を感じたりと、おかしな現象を目の当たりにすることがあった」

ゆえに、今回の事件も不思議の中のひとつ、あやかしの仕業だろうと父は考える。

「信じがたい話かもしれないが」

たしかに、信じがたい話だ。そんな奇妙なことが、ありうるのか。でも、俺は昨晩見た。あれは、現実で夢ではなかったのかもしれない。

どうしようか迷ったが、話してみることにした。

「そうか、そんな夢を……」

一応、夢であったことだと強調しながら語る。父は神社を荒らしたのは、やはりあやかしの仕業であったのだと、断定するような言葉を呟いた。

「父さん、そもそもあやかしってなんなんだ？」

じいさんの昔話から、人間ではない恐ろしいものという認識はある。けれど、その正体について詳しく知るわけではなかった。

「あやかしを簡単に言うなら、ありとあらゆる不思議なモノに名前を付けたものと言えばいいのかな」

——目には見えない非科学的な現象を引き起こすモノ。父はあやかしの気配を感じることはあったものの、実際に見たことはなかったようだ。

「この狐耳は、私があやかしを見る力がないことと直結しているような気がする」

「どういうこと？」

「力を制御できていないから、このようになってしまったのだろう」

じいさんは狐の神使だったが、人の姿に化けていた。

「つまり、人に化けるのにも、力がいるってこと」

父は力があまりないから、完全に化けることはできないし、あやかしを見ることもできないと。ならば、尻尾が生えた妹もそうなのだろう。

「だったら、俺は？」

「勉、お前には、不思議な力があるのかもしれない」

父によると、じいさんは俺になにかをしてもらおうと、いろいろ教え込もうと準備している最中だったようだ。それがなにかは、父にもわからないというが。

「話が逸れたな。あやかしの話に戻るが——世界に存在するすべてのものには、魂が宿っている」

地面に転がる石ころ、神社に生える大木、地面に生える草。すべてのものに魂が宿り、個々は意志を持っている。

「善きモノは神として祀られ、悪きモノはあやかしとして世の中から切り捨てられた」

忌み嫌われたあやかしは、人々の負の感情を糧とし小さな厄災を連れてくる。世の中の悪い現象が起きるすべての原因を押しつけられた、憐れな存在でもあるという。

「神社は、あやかしから土地や人を守る役目もあった」

七ツ星稲荷神社は人と神が交流できるような場として建てられた。だがそれ以外にも、結界の要（かなめ）となっているという言い伝えもあるらしい。

「父さんは死に際に、自分は神社の神の使いだと言っていた」

じいさんがいなくなって神社の結界がなくなり、土地に住むあやかしが猛威を振るっているというのだろうか。

「いったい、俺たちはこれからどうすればいいのか」

「私は今晩、ここで寝ずの番をしてみようと思う」

大丈夫なのか、それは……。

「もしも父さんがあやかしに襲われたら、どうやってやっつけるんだ？」

「それは――ひたすら祓詞（はらえのことば）を奏上して鎮めるしかないだろう」

一瞬、テレビで見た陰陽師的なものを期待したけれど、やることは神主の仕事と変わらないらしい。

「式神を使ったり、九字（くじ）を切ったりするわけじゃないんだ」

「神道と陰陽道を同一視しないでくれ」

「わかってるって」

陰陽道は古代中国の思想を基にして、仏教や神道、道教の教えを取り入れつつ始まったものだ。陰陽師は国家や個人の禍福や吉凶を占い、それに対応する術を施す祈禱師のことをいう。それ以上はよく知らない。

一方、神道は古代日本の始まりを辿るもので、暮らしの中から生まれたものだと言われている。神主とはさまざまな祭儀を行い、神社の統括をしている者たちのことをいう。

よく混同されるが、要は神社には神主はいるけれど、陰陽師はいないのだ。

温厚な父であったが、今回の事件には怒りを覚えているようだった。眉間に皺を寄せ、厳しい顔で言う。

「これ以上、ここを荒らすのは許さない」

先祖代々守ってきた神社を荒らされてしまったことに、父は責任を感じているみたいだった。

「だから今日は家に帰らない」

「じゃ、母さんに言っておく」

「白の正装を持ってきてくれ」

「了解」

正装とは大きなまつりを行う際に纏う神主の服装で、平安貴族が着ているような服と言ったらわかりやすいだろうか。正式名称は『衣冠（いかん）』といい、小皿に尻尾が生えたような冠（かんむり）を被り、丸い襟の上衣に袴を合わせたものだ。

神道で言う『まつり』とは、神に酒や食べ物を捧げる意味合いの『奉り』に、神が降りてくるのを『待つ』ということ、神に仕えるという意味の『服ふ（まつらう）』など、さまざまな意味が含まれており、それらの総称とされている。人間は神様にお仕えすることにより、大きな力を受けることを可能とするのだ。まつりは神道でもっとも重要なものだといえる。

家に帰って母に軽く事情を説明したら、まったく動じずに服を準備して夕食をつくりはじめた。

父のために、三段重ねの弁当が用意された。下の段はいなり寿司、真ん中は煮物、上の段は卵焼きにからあげ、プチトマト、ウィンナーと、父の好物ばかり詰められていた。

白の正装と弁当を持って神社に戻った。

父は拝殿の中にいた。内部は稲荷神社だからか柱や天井の一部は赤い塗料が塗られ、床は木質床材が敷き詰められている。最も奥にある床の間のように一段あがったところに、主祭神を祀る立派な祭壇が鎮座していた。拝殿の内部に入るということは、いつだって緊張する。空気が、ピンと張り詰めているような気がした。

「あの、父さん、これ持ってきた。それから、母さんが気をつけてって言ってた」

「ああ、心配いらない」

父には先祖代々受け継いできた大祓詞（おおはらえのことば）がある。

社務所にある風呂に入り、身を清め、白の正装を纏った父の姿は頼もしく見えた。

母の弁当を手に、神社は任せてくれとしっかり力強く頷いていた。

境内から楼門を抜け、狐像――ミケさんの前に立つ。

今日はミケさんを洗っていなかったので、綺麗にしてから帰ることにした。

「ミケさん、父さんのことよろしく。それから、あやかしが出るので気をつけたほうがいいかも」

普段なら直接話しかけるなんてことはしない。言葉に出したら安心するかと思ったけれど、効果はいまいちだった。

夕日を背にしながら、まっ赤に染まった道を自転車で漕いでいく。

田んぼにはレンゲソウが咲き、川では牛蛙がスイスイ泳いでいる。辺りは平和にしか見えない。夜になるとあやかしが徘徊しているなんて、誰が思うだろうか。

玄関先で妹と会った。名前は紘子、中学二年生。電車通学で私立の学校に通っている。最近、クールな性格の妹となにを話したらいいのかわからなくなってしまった。小さい頃は神社で修二と三人で遊んでいたのに、中学にあがってからなんだか近寄りがたいのだ。異性の兄妹とはそういうものだと、以前母が言っていた。

目が合ったついでに、話しかけてみる。

「なあ紘子、尻尾大丈夫？」

「うん、平気」

紘子に生えた狐の尻尾。幸い、制服のスカートは長く、なんとか隠せているらしい。今見た感じでも、ボリュームのある尻尾を隠し持っているようには見えなかった。ふと、半そで短パンで行う体育の授業はどうしているのかと気になった。

「体育の授業とかどうしてんの？」

「小西先生が、診断書を」

「ああ、そっか」

なるほど、なるほど。その辺もうまい具合に手を打っているようだ。でも、尻尾が生えてショックだっただろう。「気にするな」なんて軽い言葉は言えない。

そんなふうに考えごとをしているうちに、紘子は家の中に入っていってしまった。難しいお年頃ってやつである。

夕食はいなり寿司と五島うどん、ほうれん草のおひたし、煮ごみ。

煮ごみは、ゴボウやサトイモ、レンコン、茹でピーナッツの入った煮物だ。大村市の郷土料理でもある。家族みんなの好物なのに、箸がいつもより進まない。母と妹も、朝の事件を引きずっているようだった。父のいない食卓はとても静かで、重たい空気のまま、夕食の時間は過ぎていく。

風呂に入ったあと、スマホのゲームをしていたら、急に眠気に襲われる。まだ二十一時なのに寝てしまった。

朝までぐっすり眠りたかったけれど、何回も目を覚ます。二十二時、二十三時半、一時……。次は朝まで眠りたい。そう思いながらも何度も時間を確認したのちに、スマホを裏にして瞼を閉じる。

が、意識はなくならず、寝返りを打つ。ここでスマホなんか触ったらますます眠れなくなるだろう。目を閉じてどうにか寝なければ。

どれだけ時間が経っただろうか。もうスマホの画面を見る気すら起きない。明日、起きられるか不安だ。

それにしても、親父は無事にお祓いを終えられたのか。もうすぐ、丑三つ時のような気がする。そういえば昨日も、今頃——。

ここで、夕べの神社を荒らされた夢を鮮明に思い出してしまい、頭から布団を被ってギュッと目を瞑る。早く眠らせてくれと、神様にお願いした。

シンと静かな夜だったけれど、カリカリと窓を引っ掻くような音がふと聞こえた。

やめてくれよ……。

耳を塞いで必死に聞かないようにしているのに、どうしてか頭の中で響いているような錯覚に陥った。布団を被っているからか、汗びっしょりになっている。まだ四月で、肌寒い日が続いているというのに。

ガタンと窓が揺れたのと同時に起きあがる。ベッドから飛び下り、電気を点けて、とっさに鞄に付けていた鈴を手に取る。白と青の紐で編んだ根付の鈴をリンリンと鳴らした。

これは神社の手伝いを始めた頃、じいさんからもらった霊験あらたかな鈴だ。ストラップとして付けられるほど小さなものだが、効果があったのか窓枠を揺らす音は鳴りやんだ。

やばかった。まだ手が震えている。

なんでも、鈴には魔除けの力があるらしい。ほかにも自身の魂を清める力もあるとか。子どもの頃にじいさんから聞いた話を覚えていたおかげで助かった。年寄りの豆知識は偉大だ。

静かになったら、今度は家族の様子が気になる。

紘子は昔、目には見えないモノを怖がることがあった。最近はどうだかわからないけれど、何度かじいさんに母が相談していたのを覚えている。このままベッドに戻るわけにはいかない。とりあえず、カーディガンを羽織って、妹の部屋を覗いてみることにした。

途中、母親の部屋に寄る。室内は静かなものだった。ひとまず安堵。次に妹の部屋に向かう。一応、扉をノックしてから中を覗いた。

「――っ!!」

口に手を当てて、悲鳴を堪える。びっくりした。心臓が飛び出るかと思った。

妹の部屋は、ガタガタと窓枠が揺れ、獣の鳴き声のような低い呻り声が響いていた。

妹はそんな大騒ぎの中、すうすうと安らかに眠っている。ありえないと思った。

さきほどと同様にじいさんの鈴を鳴らしてみるが、あやかしが多すぎるのか効果はまるでない。どうして妹だけこんなに大人気なのか。

「おい、紘子、起きろ、紘子！」

このままここで眠るのは危険だ。母の部屋に行かせようと声をかけるが、ぴくりともしない。揺り動かしても、大声で叫んでも、気持ちのよさそうな寝息を立てるばかりだった。

「クソ！」

俺が大声をあげれば、窓に張りついている奴も鳴き声を大きくする。

いや、張り合わなくっていいから！

仕方がないので妹を抱きあげ、母の部屋まで連れていくことにした。

モフモフとした狐の尻尾が太ももに当たってくすぐったい。見ると、妹のパジャマは尻尾用の穴がある特別仕様だった。母がつくったのだろう。

母の部屋は依然としてなにも問題はないようだ。いつもは父が眠っている母の隣に、妹を横たえる。昔、じいさんが言っていた。母には強力な守護霊がついていると。だから、ここにいたら安心だろう。

問題は父かもしれない。神社でのお祓いはうまくいったのだろうか？

どうしようか。なんだか目が冴えてしまった。

自宅にあやかしだと思われるモノが来た。ということは、お祓いを失敗したことになるのではないか。父に電話をしてみたが出ない。嫌な胸騒ぎが、じわじわ不安を広げていく。

あやかしらしきモノは、どうなったのか。きっと、母の方には近づけないはずだ。行方が気になるので、恐る恐るもう一度妹の部屋を覗いてみる。

「――え？」

さきほどまでガタガタと大騒ぎだった部屋の中は、静寂に包まれていた。

急いで自分の部屋に戻る。やはり、窓枠を揺らすような音は聞こえていなかった。

あやかしらしきモノは、また父のもとに戻ったとか!?

どうしよう。どうすればいいのか。俺が神社に行っても、なにかできるわけではない。

でも、このまま眠るという選択肢はなかった。恐怖よりも、父に危険が及んでいるかもしれないという不安のほうが勝ってしまった。

じいさん、どうか、家族を守って……。

願いを込めながら、頰を両手で打って気合を入れた。パジャマの上にカーディガンを羽織り、ありがたい鈴をカーディガンのボタン穴に繫ぐ。動くたびに鳴るリンリンという音が、勇気づけてくれるような気がした。意を決し、玄関から外へ出た。外に出た途端、家に張りついていたあやかしらしきモノに襲われるのではとビビッてしまう。

なんだか怖いので、飼っている豆柴のモチでも連れていこうかと小屋の中を覗いた。だが、いくら声をかけても出てこなかった。いつもは近づいただけで弾丸のように小屋から出てくるのに、気持ちよさそうに寝ている。仕方がないのでひとりで行くことにした。

自転車に跨り、ライトを点けて夜の道を走り抜ける。驚くほど静かだ。その静寂が、逆に恐ろしい。自然と自転車を漕ぐスピードが加速してしまった。

いつもより短時間で神社に到着する。鳥居の前で自転車を止めた。懐中電灯を持ってくればよかったと、さっそく後悔。玄関に置いておいたのに。

「……あれ？」

思わず声に出してしまった。自転車の灯りが消え、辺りはまっ暗なのに、どうしてか周囲の様子がはっきりとわかる。気味が悪いので、スマホを取り出してライトを点けた。

まずは階段を上り、狐像のミケさんを照らす。何事もなくそのままだったのでホッとした。けれど、楼門の傷が昨日より増えているような気がした。背筋がぞっとする。

自転車の鍵と一緒に束ねている予備の鍵を使って楼門の扉を開いた。

境内は不気味なほどにシンと静まり返っている。手水舎は昨日と同様、荒らされていた。柄杓（ひしゃく）の柄は折られている。酷すぎるとしか言いようがない。

父の安否を確かめるため、拝殿まで駆けた。

賽銭箱を荒らされた様子はない。鈴と鈴緒も無事だ。

拝殿の中はぼんやりと蠟燭（ろうそく）の灯りが点いていた。外から声をかけ、返事の聞こえないまま中へと入る。

「――!?」

祭壇の前に父はいた。けれど、榊の枝に紙の束を包んだ大麻（おおぬさ）という儀式の道具を握ったまま、倒れていたのだ。

「父さん！」

駆け寄って体を揺さぶる。すると、安らかな寝息が聞こえてきた。狐の耳が、ぴくぴくと動いている。

「……あれ、寝てる、だけ？」

父はぐっすり眠っていた。そんな馬鹿なと、脱力してしまった。

そのあと、いろいろな方法で起こそうと試みたけれど目を覚まさなかった。

「まあ、無事ならいいか」

心配して損したという気分になるのと同時に、これからどうすればいいのか迷ってしまう。社務所には仮眠用の布団一式があるけれど、ここで眠るのも気味が悪い。かといって、今この時間に家に帰るのもなんだか怖いような。

十秒ほど迷った結果、やっぱり家に戻ることにした。神様に父を頼みますとお願いして、拝殿から出る。

広い境内を見渡した。やっぱり、夜目が利くようになっている。まっ暗闇のはずなのに、昼間のように景色が鮮明に見えるのだ。

「これ、なん――」

そのとき、急に強い風を背に受け、慌てて振り返る。

拝殿の屋根に、黒い影があった。いつもなら見えないはずの目は、見てはいけないモノまで捉えてしまった。

「あ！」

家で聞いた獣のような叫び声が響き渡る。

考えるよりも先に体が動き出し、くるりと前を向くと楼門を抜けるため全力疾走していた。背中に空気でドンと押されているような、圧力を感じる。全身に鳥肌が立ち、頭もズキズキと痛んでいた。背後なんて振り返る余裕はない。ひたすらなにも考えずに走った。

ひときわ強い風が押し寄せ、足がもつれて転倒した。

「うっ……おっ……どわっ!!」

ドンとぶつかったのは、楼門を抜けた先にある狐像——ミケさんだった。

この先は階段だったので、そこで転ばなくてよかった。安堵したのも束の間、再び強風が吹いた。

顔をあげたら大きな熊のような、四足歩行の生き物が二メートルほど先にいた。ついさっきまでうしろにいたのに……。

赤い目がぎょろりとこちらを見ている。赤く染まった牙を剝き出しにしていた。

「——うわ！」

今度は悲鳴を押さえきれず、叫んでしまう。奴はのっそりと、一歩一歩、慎重な動きで近づいてくる。一方の俺は、足が竦んで立ちあがることができなかった。

熊に似たなにかは咆哮をあげ、鋭い爪が付いた手を振りあげる。

終わった。俺も鳥居や楼門のようにズタズタにされるんだ。

そう思ってぎゅっと目を閉じたのに、どうしてか衝撃は襲ってこない。今まで見ていたモノは、自らの恐怖心がつくった幻だったのか。そう思って、ゆっくりと瞼を開く。

「って、いるじゃん!!」

あやかし——熊っぽい不思議な生物はまだそこにいた。けれど、俺の前でぴったりと動きを止めている。

「え、なんで？」

「とむ、下がりなさい！」

「え!?」

突然、凛とした声が聞こえた。びっくりして声がした方向を見あげたら、狐像の台に誰かが立っている。だが、黒い靄のようなものがかかっていて、よく見えない。声からして女の子だろう。

混乱状態の中、とりあえず言葉に従い、楼門の近くへと離れる。

改めて状況を目の当たりにすることになった。鳥居の前には熊っぽいあやかしらしきモノがいて、その前に対峙するようにひとりの少女が立っている。

どうしてか、彼女は白衣（はくえ）に浅葱色の袴という、神主の格好だ。そして手には赤く長い縄を持ち、その先を捕獲するように獣に巻きつけている。

あの娘（こ）はいったい？　為す術もなく、呆然と少女と獣を眺める。

少女の正体は謎だけど、黒い奴はあやかしだ。やっと頭の中の整理ができた。だからといって、現状を好転させる方法なんてひとつも思い浮かばないけれど。

少女は赤い縄を操り、あやかしを縛っていく。一方で、縛られたあやかしは抵抗しようと体を捩（よじ）りながら、低い鳴き声をあげていた。よくよく見たら、あやかしの体からはジュウジュウと焼けるような音がし、煙が立っていた。あの赤い縄は、霊験あらたかな神具かなにかなのかもしれない。

突如、あやかしがひと際大きな鳴き声をあげた。ビリビリと空気が震える。頭痛が酷くなり、心臓もどくどくと激しく鼓動していた。強風が吹き荒れ、立っていられなくなり地面に膝と両手をつく。これがテレビなどでよく見る超常現象というモノなのだろうか？よくわからないが、怖すぎる。

それにしても、あやかしと戦うあの娘はいったい誰なのか。

少しだけ顔をあげたら、ブチリとなにかが切れる音が聞こえた。あやかしのほうを見ると、幾重にも巻かれた縄の一本が切れている。少女の辛そうな横顔も見えた。

なんだか、雲行きが怪しくなってきていた。このままではあやかしは縄を千切り、再び暴れはじめるだろう。これ以上好き勝手にされるのはこちらも悔しいばかりだ。けれど、抵抗する手段はなにもない。

なんて無力なんだと、打ちのめされるような気持ちになった。

立ちあがろうと試みる。頭も痛いし、動悸も激しいけれど、女の子にだけ戦わせ、自分はここで蹲（うずくま）ったままなのはあまりにも情けない。

なんとか立つと、カーディガンに付けていた鈴がリンと鳴った。

「そ、そうだ、鈴！」

すぐに握り締め、リンリンと鳴らしてみたが、効果があるように思えなかった。なんと無力なのだろう。

がっかりと肩を落とした瞬間、あやかしに巻きつけてあった二本目の縄が千切れた。少女の顔にも焦りが滲み出ているように見える。

やばい。俺はどうすればいいのか。小さな鈴では大きなあやかしには効果がないようだ。

「あ！」

賽銭箱の上にある鈴！　あれを鳴らせば、あやかしは弱体化するかもしれない。力を振り絞り、楼門の先にある拝殿を目指す。拝殿に取りつけられた鈴緒を握り、一心不乱に振り続けた。ガラン、ガランと大きな鈴の音が鳴り響く。近所迷惑かもしれないけれど、こちらは命がかかっている。申し訳ないと思いながら、鈴を鳴らし続けた。

しばらく鈴を鳴らしていたら、遠くから獣の叫び声が聞こえた。断末魔の――力尽きるような鳴き声であった。

同時に今まで感じていた頭痛は消え、動悸も治まる。辺りの空気もいつもどおりのものに戻ったような気がした。

終わった、のか？

鈴緒から手を離し、そろそろと背後を振り返る。あの娘はいったいどうなったのか。

現場に戻るのは怖かったが、見ず知らずの少女の様子も気になったので、こわごわと楼門の向こう側を覗く。

おぞましいあやかしの姿はない。代わりに、楼門の前に倒れている少女の姿があった。

「うわ、やばい」

慌てて駆け寄る。赤い縄は細かく千切れ、あちらこちらに散らばっていた。まずはうつぶせになって倒れている少女に声をかけてみる。残念ながら反応はない。体を揺さぶってみるも、結果は同じ。

申し訳ないと思いながらも、体を仰向けにして半身を支える。外傷はない。

顔を近づけてみたら、すうすうと寝息のようなものが聞こえてきた。

どうやら眠っているだけみたいだ。でもよかった。あやかしに襲われて神社で死んだなんて、縁起が悪すぎる。このままにしておくわけにもいかないので、抱きあげて社務所に連れていった。布団を敷き履き物を脱がせてから、そこに横たえる。

少女を運んだあと、拝殿に戻った。中を覗き込むと、父は大の字になって眠っていた。

「父さん！　おい、父さん！」

今度はすぐに目を覚ます父。

「勉、どうしたんだ？」

「それはこっちが聞きたいっていうか」

「私は——!?」

聞けば、父は大祓詞をあげている途中で、いつの間にか気を失っていたらしい。前後の記憶があいまいだと言う。

「もしや、なにかあったのか？　神社の空気が、変わっている」

信じてくれるかわからなかったが、これまでの経緯を説明することにした。

「……そんなことがあったのか」

父はあっさりと話を信じる。すぐに一緒に拝殿を出て、楼門の前の赤い縄を確認しにいった。父は縄を摑むとハッとした。なにかに気づいたようだ。

「これは、『禁縄（きんじょう）』だ。大昔に使われていた、あやかしを捕縛し焼き尽くす神具だよ」

禁縄は普段は神庫にある神具で、昔は鎮魂祭の儀式で出すこともあったらしい。

たしか数本あるはずだと言う。

「狐像もなくなっているではないか。ああ、これで七ツ星神社からはふたつともいなくなってしまった」

そういえば、ミケさんがいなくなってる！　あやかしが盗んだのだろうか。

が、鳥居や賽銭箱のように、爪で傷つけるという荒らし方ではない。台座だけを残し、像自体が綺麗になくなっていた。

なんだか寂しくなる。物心ついた頃からほぼ毎日手入れをしていたものなので、喪失感というかペットロスというか……。

周囲に像の欠片でもないか確認をしたが、発見に至ることはなかった。捜索は太陽の出ている時間に改めて行おうと父が言う。

「少女が、これであやかしを捕まえていたと？」

父が確認するように問うが、あれは夢だったのか、現実だったのか。すでに記憶がぼやけていた。

「とりあえず、その子をうちに連れて帰ろう。社務所で寝かせておくわけにもいかないだろう？」

まあたしかに、あそこは寒いし……。

少女の記憶も夢かと思ったが、社務所に戻ると、敷かれた布団に横たわる少女の姿はたしかにあった。少女を抱きかかえ、車に乗せてから帰宅する。

スマホで時間を確認したら、朝方の四時。まだ日の出には早すぎる時間帯だ。父は母を起こし、少女の世話を頼む。母は多くのことを聞かずに、淡々とさまざまな用意をしてくれた。

「勉、疲れただろう。少しでも寝なさい」

言われてみれば、眠たいような気がした。汗をかいたので別のパジャマに替え、シャワーを浴びる気力はなく布団に潜り込む。目を閉じた瞬間に意識はなくなった。

謎の美少女の正体

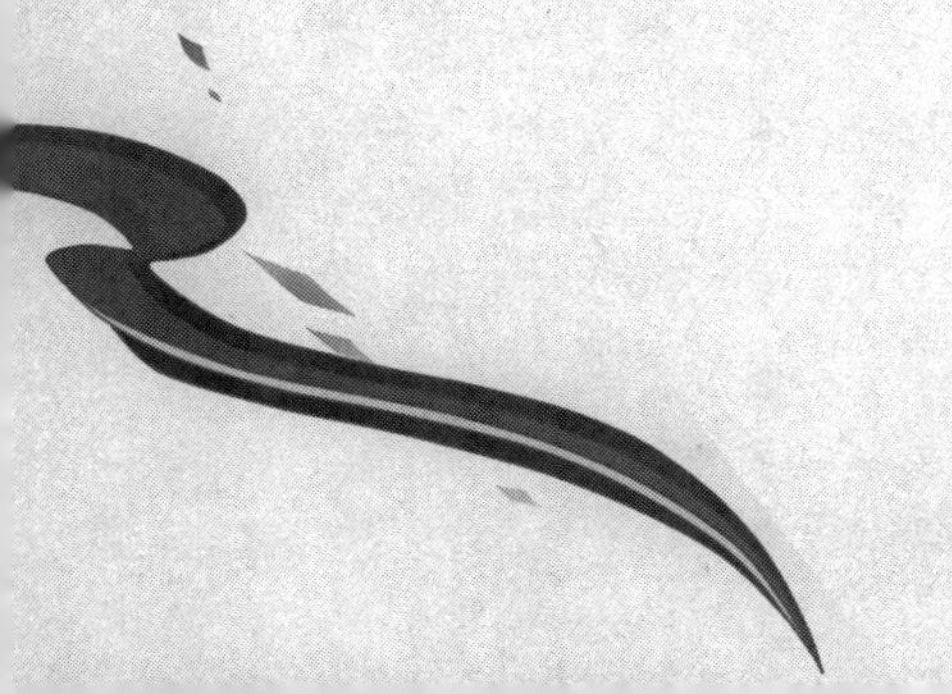

二時間後——六時半過ぎに母から起こされた。寝坊したかと焦ったが、ギリギリセーフだった。

それにしても、昨日のあれは夢だったのか、現実だったのか。早くも記憶があいまいだ。

制服に着替え、鞄を持って一階に行く。紘子はすでに学校に行ったようだ。

昨晩、両親のベッドに寝ていた紘子は、「寝ぼけて移動したのかもしれない」と言っただけでとくに変わった様子はなかったようだ。母から話を聞いて安堵する。

顔を洗って歯を磨き、はねた髪の毛をブラシで整える。くわーっと大きな欠伸が出た。まだ眠い。布団が恋しくなって震えた。スマホを見たら、修二から「今日から朝練が始まるので先に行く」というメールが入っていた。奴のことをすっかり忘れていた。驚くほど、いつもの朝だ。やはり、昨日の出来事は夢だったのか。

「ああ、勉か。おはよう」

「おはようって、あれ父さん、なんでまだ家にいるの？」

「今日は、少々ワケアリだ。理由は、あとで話す」

「わかった」

台所に行って手伝うことはないかと覗いたが、すでに朝食の準備は終わっているようだ。

居間に移動する。

「——ん？」

じいさんが生前座っていた上座に、誰かが鎮座している。

年頃は俺と同じくらいか。綺麗な黒髪をボブカットにしていて、百合の花のように背筋がピンと伸びた女の子。猫みたいなアーモンド形の目は、少しだけキツそうな印象がある。でも、びっくりするくらい肌が白くて、楚々とした雰囲気の美少女だ。着ている白いワンピースはどこかで見覚えがあるような……。

「――あ！　昨日の」

ついさっきあやかしを退治してくれた少女が、うちの食卓に座っていた。

「勉、早く座りなさい」

どうやら出入り口を塞いでいたらしい。慌てて向かいの自分の席に回り込み、座布団の上に座る。

件（くだん）の少女は、じっと俺の顔を見ていた。なんだか照れる。隣に座った父は困った表情を少女に向けていた。

「さて、なにから話せばいいのか」

「まずはご飯にしましょう」

母の言葉をきっかけに、食事が始まった。食卓の上に並んでいるのは、ご飯と豆腐とわかめの味噌汁に、焼き海苔、玉子焼き、焼き鮭、たくあん。献立を確認していたら、お腹がぐうっと鳴った。とりあえず、手と手を合わせていただきます、をする。母がどうぞと勧めると、少女も「いただきます」とはきはきとした声で言ってから、碗を手に持って食べはじめる。

見覚えがあると思ってよく見たら、妹のワンピースを着ていた。たしか、母方のおじいさんからの贈り物だったような。妹には派手なデザインだったようで、着ているのは一度しか見たことがない。簞笥の肥やしになっていたので、母が貸したのだろう。よく似合っているように見えた。

「勉もしっかり食べなさいね」

「あ、はい」

母に注意されて気づく。ご飯を食べないで、見慣れぬ客人に目を奪われていたことに。

「お代わりはいかがでしょうか？」

「ありがとうございます」

少女はもう二杯目のご飯を食べるようだ。うちの妹は小食なので、びっくりしてしまう。たくさん食べられるのはいいことだ。

食事が終わってお茶が運ばれる。時刻は七時二十分。そろそろ学校に行かなくてはならないが、あと少しだけなら大丈夫だろう。と、父が話しはじめる。

「――まず、自己紹介をしましょう」

はじめに、頭に巻いていたタオルを取り去る。中から狐の耳がぴょこんと立った。少女は父の異様な姿を見ても、少女に驚いた様子はない。

「私は水主村翼と申します」

四十八歳、七ツ星稲荷神社の宮司をしている者だと、自ら名乗る。作務衣姿の父はまったく神職者に見えなかった。本人にも自覚があるのか、名刺はどこにやったのかと懐を探り出す。結局名刺は見つからなかったようだ。

次に母、俺と紹介していった。今はいない妹と、庭で飼っている豆柴のモチを紹介する。最後は少女の番となった。

「私は七ツ星稲荷神社の主祭神『宇迦之御魂神』に仕える葛葉三狐と申します」

「あ!!」

自己紹介を中断させてしまったが、叫ばずにはいられなかった。今になってようやく気づく。彼女があの『ミケさん』だということに。念のために確認をする。

「ミケツって、あの、ミケさん!?」

「はい」

「狐像の?」

「はい」

よかった! 本当によかった。狐像――ミケさんはあやかしに盗まれたわけではなかったのだ。ホッとして、胸を撫で下ろす。

しかしながら、父に狐耳があって、美少女系神使のミケさんに狐耳がないなんて、おかしな状況としか言いようがない。世の中不思議なことだらけだ。

「あなたは、本当に父、稲五郎の片割れの狐で――」

父の言葉にミケさんはきょとんとした顔になる。

「イネゴロウ?」

「はい。狐の神使だったという、父の名です」

「あれは、イネゴロウではありません。真の名は狐鉄。東雲狐鉄です」

「あ、さようでございましたか」

いまさら明らかになるじいさんの本名。狐に鉄と書いて『こてつ』と書くらしい。じいさんが自称していた稲五郎は、自分で適当に名乗ったものなのか。五穀豊穣を司る稲荷神に仕える神使っぽい名前ではあったけれど。

「狐鉄は、私の対となる神使でまちがいありません。問題は、狐鉄の存在が消失しかかっていることです」

「葛葉様、それは、どういうことなのでしょうか?」

「生ある存在は、命を失うと天に上り、子孫を見守ります。しかし、今、狐鉄の存在をほとんど感じないのです」

「父さんの魂は、どこにあるのでしょうか?」

「狐鉄は神の意に反しました。もしかしたら、魂を砕かれてしまうのかもしれません」

「な、なんと！」

ミケさんが言うには神使が人前に出ることはもちろん、神使をやめて人間となりこちらの世界で暮らすなどということは、本来ありえないことなのだとか。ミケさんの場合は、特別中の特別だという。なんでも、結界が消失してあやかしを阻むことができなかったので、神様より授かった人型（ひとがた）に魂を移したようだ。それは緊急事態のみに許される対応らしい。

「あの、結界とは？」

「この地を守る、盾のようなものです。狐鉄の消失をきっかけに、この土地の結界が壊れてしまいました」

じいさんとミケさんは、この地を守る結界の大きな要だった。それがなくなり、あやかしがさらなる仲間を招くために神社を襲っているという。

「あの、宇迦之御魂神はなんと？」

宇迦之御魂神――稲荷神と言えばわかりやすいだろうか。うちの神社で祀る主祭神だ。

「残念ながら、連絡がつかない状態でして」

まあ、無理もない。稲荷神社は全国に三万社以上あると言われていた。それだけ数があれば、神様も問題を捌ききれないのかもしれない……と思ったけれど、そうではないらしい。なんでもじいさんが神使をやめてから、神様との繋がりも薄くなったと。これはじいさんが悪いというか、なんというか。でも、じいさんとばあさんの出会いがなかったら自分たちはこの世に存在しないわけで……。複雑な話である。

いちばんの問題は結界だとミケさんは話す。

「あの、葛葉様、結界というのは、どうやって修繕すればいいのでしょう?」

父の言葉にミケさんは明後日の方向を見る。多分、あれは知らない顔だ。つまり、自分たちで調べてなんとかするしかないということである。

「葛葉様……なんだか、父、狐鉄が申し訳ないことをしたとしか……」

「いいえ、かまいません」

じいさんがミケさん像の前でいつも泣きそうになっていたわけを、知ったような気がする。きっと、大きな罪悪感を覚えていたのだろう。

俺が像磨きを始めたのは、じいさんがあまりにも辛そうだったからだ。事情を知った今、納得するしかない。

「私のほうからも、謝らなければならないようです」

「と、いうと?」

「私自身、完璧な状態ではありません」

七ツ星稲荷神社の神使はふたりでひとつというか、共に存在することによって最大の力が出るようになっているらしい。

じいさんがばあさんを助けようと暴走し、人として暮らしはじめた結果は、ミケさんにまで影響を及ぼしているという。

「私は記憶が不完全です。基本的な神具――禁縄の使い方ですら、忘却していました。神力も、半分あるか、ないか……」

しかし、なんとなく勘で使ったら、案外うまく扱えたらしい。

「とむ」

突然そう呼ばれてびっくりした。じいさんが「とむ」と呼んでいたから、それを覚えてしまったのだろうか？

「あなたがとむ、でまちがいないですよね？」

「は、はい、わたしの名前はとむです」

……なんだか、英語の教科書みたいなやり取りをしてしまった。

それはいいとして。ミケさんは助かったとお礼を言ってくれた。

「いや、助けてくれたのは、ミケさんで」

「いいえ。とむが拝殿の鈴を鳴らさなかったら、私はあやかしに敗れていました」

ミケさんがまっすぐな目で見てくるので、恥ずかしくなってしまう。だけど、それと同時にとんでもないものを見てしまった。壁かけ時計の現在の時刻は、七時五十分。

「うわ、遅刻じゃん！」

慌てて立ちあがり、鞄を摑んだ。

「待ちなさい、勉。自転車は神社だろう、父さんが車で送ってやろう」

「マジか！　助かる！」

父とふたり、玄関へダッシュする。あとから追ってきた母が弁当を渡してくれた。

「母さん、葛葉様のこと、頼んだぞ」

「はい、わかりました」

「いってきます」

「いってらっしゃい」

母の見送りを受けながら、ワタワタしつつ学校に向かった。


帰りはバスに乗った。家に帰ろうか神社に寄ろうか迷う。明日は数学の小テストがあると言っていたから勉強したい。でも自転車も取りにいきたいし、神社の様子も気になったので、途中下車した。

神社の狐像は両方とも台だけになっていた。なんだか寂しい気がする。ミケさんは家にいるからいいけれど。

偶然、楼門から出てくる父と鉢合わせした。

「おお、勉か。おかえりなさい」

「ただいま」

父のうしろにはミケさんもいた。

「ちょうどよかった。今から奉納されている刀を見にいこうとしてたんだ」

なんでも、あやかしに対抗できる神具を物色していたらしい。うちの神社が所蔵しているのは、室町時代後期につくられた刀などだ。お祭りのときなどに、たまに公開している。

向かった先は奉納された品を保管する神庫。今までは半年に一度、大掃除と品目確認をする場所だという認識であった。父が鍵を開け、中へと入る。

刀は桐の箱に収められていた。蓋を開けると白く長い日本刀がある。

「葛葉様、こちらが左矢川八之丞（さやかわはちのじょう）作、名物『永久（とこしえ）の花（はな）つ月（づき）』でございます」

名物と付くのは、とくに優れた刀であるかららしい。

「同じ時代の刀で『天下五剣（てんがごけん）』と呼ばれる五振の名刀がありますが、永久の花つ月も負けず劣らずの刀であると、私は思っています。ただ、大人ふたりがかりで持たないといけないほど重いのですが」

ちょっと引っかかる説明があったので、父に突っ込んでみる。

「あれ、天下五剣ってすごい刀の代表とかじゃなかったっけ？」

「そうだとも」

すぐにスマホで天下五剣の情報を調べると、天下五剣は国宝とか重要文化財とか、皇室の所有物とか、とんでもない刀であることがわかった。そんな有名な刀と張り合おうなんて、恐ろしいことを……。なんでも、木箱の裏に天下一品だと書き綴られていたとか。父はそれを信じているみたいだった。

「見てください。とても美しい刀でしょう」

父は自慢げに言っていた。永久の花つ月は柄も鞘も鍔も白い刀だ。刀身はいったいどうなっているのか。ミケさんは鞘を手に取り、持ちあげる。

……なんだかスイッと持ちあがったような？

彼女が力持ちなのか、刀自身が軽いのか。父も疑問だったようで、質問していた。

「葛葉様、そちらの品、重たくないですか？」

「いいえ、まったく」

さっき、大人ふたりがかりで持たなければいけないと父は言っていた。

そもそも、そんな刀なんか存在するのか？

「ミケさん、ちょっと持たせ――」

「こら！」

父より急にこのタイミングで「ミケさんと気軽に呼ぶな」と注意される。

「別に、みけでかまいません」

「ですが」

「昔から、とむは私をみけと呼んでいました」

「さようでございましたか」

　父から「ああいうふうにおっしゃっているが、失礼のないように」、と耳打ちされる。そして刀を持たせてもらったけれど、めちゃくちゃ重かった。床に落とす寸前でミケさんが支えてくれて、難を逃れる。

　大きさは一メートルちょっとくらい。太刀と呼ばれる品らしい。持った感じ、五十キロ以上はあったような気がする。

「刀って、こんなに重いもの？」

「どうだろうか。私も詳しくはないから」

　あとで調べてみよう。

「こちらの刀、問題がありまして……」

　父が言うには鞘から刀を抜くことができないらしい。昔、何度かじいさんも挑戦していたのだとか。言われてみれば一度だけ「やっぱひとりじゃあかんか」と呟いていたのを聞いたことがあった。

　父は神聖な刀に触れることすら恐れ多いと、展示で出し入れする以外はノータッチだったらしい。それにしても抜けない刀とは。なんだか怪しい。

「ミケさん、これ、呪われているとか、そんなことない?」

「いいえ、大丈夫です」

「だったらいいけど」

一度抜いてみますとミケさんは言い、くるりと刀を回して腰の位置に付けた。親指で刀の鍔を押しあげ、するりと抜くと思いきや——。

「……?」

ぐっと鞘を握り、柄を引こうとしていたが、なかなか抜けない。

「も、もしかして、抜けない?」

「みたいですね」

あっさりと認めるミケさん。どうやら神の使いにも永久の花つ月は抜けないようだ。対あやかし戦で役立ちそうな武器であったが、残念ながら使えそうにない。

ほかに武器になりそうなものは、ミケさんが既に持っている禁縄以外見つからなかった。

「水主村殿」

「はい」

「この刀は、私が預かっていてもいいでしょうか?」

不思議と手に馴染むらしく、ミケさん自身の神力も刀の力で活性化されるとか。父はどうぞどうぞと、あっさり承諾する。

ミケさんみたいに背筋がピンと伸びた人が日本刀を持つ姿は絵になる。掛け軸にして、床の間に飾りたい。

ミケさんはこのまま神社に残ると言ったけれど、父が「ここは寒いし、紘子にも紹介したいから」と言って連れて帰った。

俺は自転車で帰宅後、モチの散歩に出かけることに。豆柴のモチは俺が家から出た途端にクウクウと鳴いて散歩に行ける喜びを表現していた。

「とむ、待ってください」

「ん？」

続いて家から出てくるミケさん。一緒に散歩についていて来てくれるらしい。

モチに散歩紐を繋ぎ、歩きはじめる。

「この犬が、朝言ったモチ。雄、三歳」

「餅？」

「そう。子犬の頃、まんまるで、モチモチしていたから、モチ」

「なるほど」

モチの毛は白いお腹以外は茶色なので、醤油味の餅だと本気でどうでもいい説明を加えた。モチはミケさんに尻尾をぶんぶん振っていた。女の子が大好きなのだ。

それから、ちょっとだけ気まずくなる。黙ったままの空気に耐えきれなくなったので、ペラペラと頼まれてもいないのに街の案内をした。

「あそこがスーパー。パンの半額は十七時半からで、弁当は十九時過ぎから。毎週火曜日がアイスクリーム半額で……」

神の使いにどうでもいい情報ばかり提供する。酒屋に駄菓子屋、保育園にクリーニング店、それから――。

「あれ、修二の家の饅頭屋」

一階が店舗で二階三階が住居という、『饅頭店やまだ』。ここの饅頭生地はモチモチでふっくら。餡もほどよい甘さでおいしい。食べたくなったけれど、残念ながら閉店している。ふと横を見るとミケさんは店を無表情で眺めていた。

「悪ガキだった修二、わかる?」

「しゅうじ、とても元気な、子どもだった」

「そう」

修二と遊ぶ場所といったら、狐像――ミケさんの前だった。じいさんから、悪さをしないように境内ではなくそこで遊べと言われていたのだ。修二は子どもの頃、思いっきり「ミケ!」と偉そうに呼んでいたっけ。

「あれ、トムじゃん」

ちょうど部活から帰って来たらしい修二と偶然鉢合わせる。ミケさんに気づいていないのか、明日の小テストの話になった。

「テスト、トムのクラスが先だっけ？」

「二時間目」

「そっか」

修二は大きな鞄を背負い直し、そこで、ようやくミケさんに気づいたようだ。

「おっと？　おいトム、その子、誰？」

ミケさんをどう紹介すればいいのか。その件について、まだ話し合っていなかった。とりあえず、ここは誤魔化しておく。

「親戚の子。葛葉三狐さん」

「ミケツ？　変な名前だな」

思ったことをなんでも口に出してしまう、正直者の幼馴染みなのだ。幸い、ミケさんは無表情で、「よく言われます」と、無難すぎる返事をしていた。

「お前の家の親戚、ほとんどイギリス風味じゃなかったっけ？」

修二はいつも妙なところで鋭い。たしかに、うちの親戚はイギリス人の血が混じっているので日本人には見えない。

日本人顔のミケさんが、親戚の娘だという設定はいささか無理がある。

「遠い親戚だから」

修二は「ふーん」と言って納得してくれたようだ。深い突っ込みが入らないうちに、ここから退散することにした。

「じゃ、また明日」

「あ、ちょっと待て！」

修二が店の中に入っていき、なにやら叫んでいる。

戻ってきた修二の手には、『饅頭店やまだ』とプリントされた袋があった。

「これ、うちの饅頭。レンジで四十秒くらい温めてから食うとうまいから」

修二はミケさんに饅頭を押しつけるように渡した。

「ありがとうございます」

「いいってことよ！」

元気な返事をして、「また明日」と言い、手を振りながら帰っていった。

ミケさんは、またも無表情でもらった饅頭を見下ろす。

「母さんに渡せば蒸してくれるよ」

「あ、はい。ありがとうございます」

それにしても修二の奴、行動のすべてが雑だ。もう少しどうにかならないものか。

この辺でUターンして、家に帰る。空を見あげれば、綺麗な夕陽が浮かんでいた。

家に帰ると、台所で妹、紘子と会った。うしろからついてきていたミケさんを紹介することに。

「その人が、葛葉様？」

「あ、うん」

どうやら先に話を聞いていたようで、妹は丁寧なお辞儀をしながら自己紹介をした。ミケさんも淡々とした態度で、事務的に挨拶を返す。

それから、双方見つめ合って気まずい空気となった。

もらった饅頭を台所の机の上に置き、居間に案内する。夕食の時間だ。

母が「おかえりなさい」と言って迎えてくれる。そして、ミケさんに座布団を勧めた。

食卓にはすでに食事が並んでいる。

五穀米になめこ汁、鶏のからあげ、ひじきと大豆の煮物、白和え。

「では、いただこうか」

父の言葉をきっかけに、いただきますと言って食べはじめる。

母に修二からもらった饅頭のことを伝えた。食後に蒸してくれるらしいが、あそこのお店の饅頭は手のひらサイズだ。餡もかなりボリュームがある。果たしてミケさんは食べられるのか。

そう思ったが、ミケさんは大盛りになっていたご飯をしっかり食べきっていたので、なんだかいけそうな気がした。妹はミケさんの見事な食べっぷりに驚いているようだった。

たくさん食べてくれたのが嬉しいのか、母はにこにこと微笑みながら神の使いが食事をする様子を眺めている。

食後、ミケさんは食事のお礼だと言って、食器を洗っていた。なんてできた娘さんなんだと、父は感心する。

……いや、ミケさん、普通の娘さんじゃなくって、神使だけどね。神の眷属は、大変礼儀正しい存在であった。

やがてお風呂に入ったらしいミケさんは、妹のお気に入りの猫柄パジャマを着て現れた。ふたりは背丈が同じくらいなので、サイズもぴったりらしい。ちなみに、風呂も一緒に入っていた。気まずい様子しか想像できないけれど。

ミケさんはその後、しっかり饅頭を食べていた。大きなものを二個、ぺろりと食べてしまう。どうやら饅頭はとてもおいしかったようで、食べている間は目が輝いているように見えた。食後、さすがは神に捧げている饅頭だと絶賛した。

お気に召していただけたようでなにより。

それにしても、この細い体のどこに入っていくというのか。お狐様の神秘というものだろう。居間で話をしている途中、欠伸が出てしまった。昨日、ほとんど寝ていないので、まだ二十二時過ぎだけれどもう眠い。

最後に、なんとなく気になっていた、あやかしの活動について聞いてみることにした。

「ミケさん、今夜、あやかしって出たりする？」

「しばらくは大丈夫でしょう」

それを聞いてホッとした。説明してくれたところによると、昨晩倒したのは小さなあやかしの集合体で、大きな熊の姿となって現れたようだ。

今日は悪い気配も薄くなっているので、心配はいらないと言ってくれた。

「ですが、安心はできません。まずは、結界をどうにかしなくては」

結界を直さないとほかの土地からあやかしが移ってきて、暴れる可能性があると。

「実は、今日、歩いた中に結界のようなものがありました。明るくなってから、もう一度確認をしたいのですが」

なんでも大村市にある結界は七ツ星稲荷神社を中心に張られていて、街の数カ所と繋がって守護の力を広げているらしい。京都なども、要所要所に寺社を建てて結界をつくったという話を聞いたことがある。有名なのは晴明神社を中心に、星形にお寺や神社をつくった結界だ。きっとこの辺りでも、似たようなことをしていたのだろう。

「だったら、明日の放課後、行ってみよう」

「そうですね」

明日の夕方は神社の手伝いを休んで、結界の補強作戦に出ることにする。

「じゃあ、ミケさん、おやすみ」

「ええ、おやすみなさい」

猫柄のパジャマを可憐に着こなしたミケさんは、二階の妹の部屋に向かっていった。

朝。スマホのアラームで目を覚ます。時刻は五時十五分。いつもの起床時間だ。

制服に着替えて顔を洗い、歯も磨く。台所で朝と昼の弁当と温かいお茶が入った水筒をもらってバッグの中へ。なんだか朝食と昼食が詰め込まれた弁当が重たい気がする。

「おはようございます」

「ん？」

振り返れば、白いワンピースに青のカーディガンを羽織ったミケさんがいた。どうやら朝の清掃を手伝ってくれるらしい。お弁当が重たかったのは、朝食が三人分だったからなのだ。

家から出て、車庫に向かう。自転車のふたり乗りは禁止されている。そのため、荷物を乗せた自転車を押して神社まで歩いていくことに。

大鳥居の前の砂利道に自転車を停め、階段を上ってミケさんとともに楼門の前まで向かう。像があった台の上はやはりなにもなく、像磨きをしなくてもいいというのは、物足りない気がする。

ミケさんは傷つけられた楼門を見あげていた。ミケさんがなにを思って眺めているのか、そのうしろ姿からは窺えない。

あやかしに付けられた傷は、昨日から宮大工さんが修繕をしている。

「とむ」

「はい」

名前を呼ばれ、振り返ったミケさんの表情は昨日より柔らかい気がした。どうしたのと言いながら、少しだけ近づく。

「ありがとうございます」

「え？」

いきなりのお礼に、なんのお礼かと聞いたら、七歳の頃から十年間像磨きをしていたことに対しての感謝の言葉だった。いつから始めていたかなんて覚えていなかったので、驚いてしまう。

「なんていうか、ミケさん磨きは生活の一部になっていたというか」

毎朝顔を洗って歯を磨くのと同じように、習慣になっていた。だから、なにもない像の台を見ると寂しく思ってしまう。

「すべての問題が解決したら、元の神使像に戻ります」

「あ、そうなんだ」

じいさんみたいに人として居続けるのは、神様の意に背くことになる。ということは、その後はたまに会って話す、なんてことはありえないのか……。

「とむ、行きましょう。神社の朝は忙しいのでしょう?」

「そうだった」

少し切ない気持ちでミケさんと共に清掃を開始した。


六時間目の授業のあと、ホームルームを終え鞄に教科書を詰めて帰宅を急ぐ。

「おい、トム」

背中をトンと叩いてきたのはクラスメイトの飯田。何用かと聞くと、「このあと図書館で勉強をしないか」と言ってくる。

「小テスト、やばかったんだよ。まったくわかんなくて」

「大丈夫、心配するな。俺もやばかったから」

「そんなことだろうと思って誘ったんだよ。ありがたく思え」

「すまん。今日は先約があるんだ」

「なんだと?」

ミケさんと結界の調査をしなければならない。

「もしかして、女か?」

「え、なんで?」

「顔が一瞬ニヤけた」

マジか。至って真面目な顔をしていたつもりだったけれど。

「お前、いつ彼女つくったんだよ」

「彼女じゃないって」

「だったら俺に紹介しろよ」

「無理」

「なんだと!?」

「とにかく、今日は無理だから」

お勉強会はまた今度で、そう言い残し、教室を飛び出す。

うしろから詳しく話を聞かせろと飯田が追いかけてきた。まさかの展開だ。帰宅部なのに、飯田は足が速い。偶然通りかかった陸上部の部長がスカウトして足どめしてくれないかと思ったが、そんな奇跡が起こるわけがなかった。

職員室の方へ回り込み、ガラッと出入り口の扉を開く。そのまま素早く角を曲がって、階段を下りた。すぐに「廊下を走るな」という怒鳴り声が聞こえた。あの声は数学の西川(にしかわ)。小テストの点数がやばかったことで、ついでとばかりに足どめを食らっている。申し訳ないが、作戦は成功した。

下駄箱で靴を履き替え、自転車置き場に向かう。校門までカラカラと自転車を押していたら、女子の集団が校門を目指して全力疾走していた。

その中のひとりがポケットからスマホを落とすが、それに気づいていないようだった。

拾いあげると、幸い画面は割れていない。自転車に飛び乗り、ついでに届けることにする。

どうやら、バスに乗り遅れるかもしれないと走っていたようだ。

「すみませーん、青い髪ゴムポニテの人、スマホ、落としましたよ」

バス停がある道路脇から、スマホを落とした女子に声をかける。振り向いたのは、うちのクラスの学級委員の白石さんだった。

「あ、私の！」

どうやら彼女が持ち主でまちがいないらしい。

「水主村君、ありがとう。危なかった」

「よかったね」

ついでにこの前のお礼も言っておく。白石さんが教えてくれたところが小テストに出たのだ。彼女はまたわからないことがあったら聞いてねと言ってくれた。いい人だ。

「あ、白石さん、バス来たよ」

「あ、本当」

早く行かないと乗り遅れてしまう。白石さんは二回目のお礼を言ってくれた。手を振って応えつつ、自転車を漕ぐ。

一回家に帰り、服を着替える。母にどこかに行くのかと聞かれた。

「今日はミケさんと結界の調査だから。ちょっと行ってくる」

「はい。いってらっしゃい」

母の見送りを受けながら、昨日同様にモチを連れていくことにした。喜ぶモチに、今日は特別任務なので気を引き締めておくようにと声をかける。モチは神妙な面持ちで、くうんと鳴く。「了解しました」と返事をしたような気がした。

ミケさんはすでに神社にいるらしいので、早足で向かいモチを鳥居の前に繋ぎ、階段を駆けあがる。ミケさんは巫女装束で境内を竹箒で掃いていた。風が吹くと、黒い髪がさらりと揺れる。

その姿は理想の巫女さんそのもの。今まで見た中で、いちばん巫女装束が似合うと思った。心の中で勝手に『ベストオブ巫女賞』を授与していたら、「とむ、おかえりなさい」と声をかけられる。

「もう行きますか？」

「うん。あ、朝の服に着替えてもらってもいい？」

「わかりました」

既に準備ＯＫ！　みたいな顔でいたので、着替えるようにお願いをした。危ない危ない。

美少女巫女が街中を歩いていたら、注目を浴びて調査どころではなくなるから。

モチを繋いでいる鳥居の前に戻って待つ。その間、白いお腹をモフモフしていた。十分後、ミケさんがやって来た。肩にはまっ赤なポシェットをかけている。

「お待たせしました」

いやいや、今来たところだから、と言いたくなるほど完璧なデートのシチュエーションだった。しかしながら、そういった予定はない。これから行くのは、結界の調査。残念に思いながらも、出発する。

モチはさっそく任務を忘れ、嬉しそうに尻尾を振りながら歩いていた。

「ミケさん、質問していい？」

「わかる範囲であれば」

まずは結界について。どういう構造になっているのか気になっていたのだ。

「それについての記憶もあやふやなのですが――」

大昔に建てられた七ツ星稲荷神社であったが、その結界はなんと平安時代に陰陽師の手によってつくられたものらしい。

「あの神社は当時貴族だった水主村家がつくったもので、結界づくりを陰陽師に依頼したようです」

「なるほど」

うちって元々貴族だったんだ。知らなかった。そういえば、じいさんが昔言っていたような、言ってなかったような。

酔っぱらっているときだったので、嘘の可能性もあるけれど。

ミケさんが気になっていた場所は、道路脇にある大きな木だった。育ちすぎて根が道路を盛りあがらせている。

モチは木に近づきたくないのか、散歩紐をピーンと伸ばして拒否していた。そういう、人には見えないなにかが見えているようなリアクションはやめたまえ。

ミケさんは木に耳を付け、なにかを調べているようだった。しばらくその状態でいたが、急にハッとした様子でぽつりと呟く。

「おかしいですね」

たしかに。その木は春なのに、葉っぱが一枚も生えていなかった。明らかに周囲にあるものと様子がちがう。

ミケさんはポシェットの中からなにかを取り出す。それはしめ縄だった。

可愛らしい肩かけ鞄の中身はしめ縄だったなんて……。

なにをするのかと思っていたら、縄を木に巻きはじめる。しめ縄には、災いや不浄な存在から守るための結界的な効果があるらしい。大木にぐるぐると巻いて応急処置的な対策を取ることに成功したようだ。

帰りがけにコンビニに寄ってドーナツとお茶を買い、公園のベンチで食べる。ドーナツに緑茶はどうかと思ったけれど、ミケさんに紅茶のイメージが湧かなかったので、斬新な組み合わせとなった。

モチには家から持ってきていた犬用ジャーキーを与える。ミケさんは黙々と砂糖のたっぷりかかったドーナツを食べていた。食べ終わったあと、感想を述べる。

「おいしかったです。ありがとうございました」

そいつはよかった。一個では物足りないだろうけれど、夕食の時間でもあるのでガッツリ食べるのは推奨できない。

食べ終わった頃には、日が沈みそうになっていた。

本日はこれにて任務終了！　急いで帰宅する。

夕食をとり、風呂に入ったあと、ミケさんがお礼を言いに居間にやって来る。

「お風呂、いただきました。ありがとうございます」

ミケさんは畳の上に膝と指先をつき、母に頭を下げる。なんていうか、神の使いってもっと偉そうにするものだと思っていた。完全に漫画とかテレビの影響だけれど。

今宵のミケさんは浴衣を着ていた。やっぱり和服が似合うなと、思わず見入ってしまう。

海老茶の生地に矢絣(やがすり)柄の浴衣は、母が子どもの頃に着ていたものを、サイズ調整したものだとか。渋い柄も着こなしてしまうミケさんであった。

聞けば、妹は浴衣で寝ると朝方はだけていて寒いから、きっちりボタンで閉じるパジャマがいいと言ったらしい。だから、母のお下がりは、今日まで日の目を見ることがなかったそうだ。母はミケさんに着心地などを嬉しそうに聞いている。

「とてもいい品です。それに、和服のほうが落ち着きます」

和服と言えば、ミケさんはどうして神主が着るような白衣に浅葱の袴姿で現れたのか。気になるので質問をしてみた。

「あれは神より授けられし、神使の霊装です」

「なるほど」

「ですが――」

ミケさんの顔は不機嫌なものとなる。聞いてはいけない話だったのか。慌てて謝ったら、そうではないと首を横に振る。

「あの霊装は狐鉄――とむのおじいさんの品なのです」

「え!?」

意外な事実が判明する。なんでも数十年前、神の怒りを鎮めようと人型と化したじいさんが、人間界に降り立った。そのとき、焦るあまりミケさんの霊装を着て出てしまったらしい。

こうして、じいさんの『変態巫女装束事件』の真相が今、明らかにされた。

そういうわけがあって、ミケさんは仕方なくじいさんの霊装を纏って現れることになったのだ。

「そんな経緯が……」

「本当に、しょうもない事件でした」

その霊装一式は泥だらけになっていたので、今、綺麗に洗っていることを母が伝え、ミケさんは母にお礼を言っている。

「そういえば、お義父さんの巫女服、どこかにあったような」

母の言葉に、ミケさんが「本当ですか?」と食いつく。なんでも、じいさんがひとりで部屋にいるとき、たまに巫女服を眺めていることがあったらしい。母は何度か目撃したが、見ない振りをしていたとか。懺悔の気持ちで見ていたのだろう。だが、事情を知らない人から見たら、巫女服を眺める変態ジジイにしか思えない……。

「明日にでも、探してみますね」

「お手数おかけします」

「いえ、そろそろ義父の遺品整理をしなくてはと、思っていたので」

霊装があれば、神力をもっと発揮できるかもしれないとミケさんが言う。早く力が戻って、ミケさんが普段どおりに過ごせるようになればいいな。

ちょっとだけ勉強をして、眠ることにする。時刻は二十三時過ぎ。眠るにはちょうどいい時間帯だ。スマホを充電器に繋いでから、アラームをセットし、灯りを消す。

じいさんの鈴は今、スマホに付けてある。触るたびにリンリンと賑やかに鳴ってしまうけど、常に身に付けておいたほうが安全だと思ったからだ。

布団を被り、目を閉じる。意識はすぐになくなった。


『とむ、とむや』

なんだか聞き慣れた声を聞いた気がして、立ったまま辺りを見回す。

『とむ、こっちや』

周囲は濃い霧のようなものが漂っていて、人の姿を見つけることができない。

『おうい、こっちだと言っておるやろう』

「この声は……もしかして、じいさん!?」

じいさんと大声で呼んでみる。

『そう、わしや』

誰か判明したのはよかったけれど、相変わらず姿を捉えることはできなかった。

とりあえずじいさんにどうしたのかと聞けば、伝えたいことがある、と。

『……の、……きは、……みけと、協力して……を』

突然風が強くなり、霧が渦巻く。じいさんの声も途切れ途切れになってしまった。

立っていられなくなるほど風が吹きつける中でじいさんを呼んだが、返事はなかった。気がついたら、まっ白な世界の中でひとり立ち尽くしていた。

もう一度、息を大きく吸い込んで「じいさん！」と呼んだところで目が覚める。

「ん……夢か？」

じいさんが夢に出てきたのだが、ミケさんと協力がどうこうという話しか聞こえなかった。肝心のなにをしたらよいかがわからなかったので、謎のまま。すぐに頭の上に置いているスマホのアラームが鳴りはじめる。音を止めて時間を見たら、朝の五時十五分。いつもの起床時間であった。

今朝も父とミケさん、俺の三人で神社の掃除をする。ミケさんは今日は本殿の掃除に向かっていた。俺はいつもどおり境内の掃き掃除を命じられたが、ふとあることを思い出す。

「あ、父さん」

「どうした？」

さきほど母に、じいさんの遺品整理をすることを父に伝えておいてと言われていたのだ。

「今日、母さんが遺品整理をするって」

「そいつは大変だ」

なにが大変なのかと聞いたら、気まずそうな顔をしながら父は告げる。

「実は、昨日、父さんが夢に出てきて」

「マジか！」

「ああ、あの声はまちがいなく父さんだった」

「偶然だけど、俺の夢にも出てきたんだ。それで、じいさんはなんて言ってた？」

「うん……」

明後日の方向を見る父。

「なにか、大変なことを？」

「いや、参考書の処分依頼があった」

「参考書って？」

「父さんが特別詳しく、好んでいた学科だ。ほかの人に見られたら恥ずかしいと」

じいさんの好きなものと言われたら、ひとつしか思いつかない。つまり――エロ本を処分しろと、父の夢枕に立って伝えたというのだろうか。

「ほかには？」

「いや、父さんからはそれだけだった」

なんというか、しょうもなさすぎる。もっとほかに伝えたほうがいいこともあっただろうに。

「勉にはなんて言ったんだ？」

「いや、なんかミケさんと協力しろしか聞こえなくって」

「そうか」

じいさんはふたりで今回の事件を解決しろと言いたかったのだろうか。よくわからない。というか、父さんのところに行って遺品の処分を頼むよりも、こっちに来てしっかり用件を伝えてほしかった。いまさらじいさんの部屋からエロ本を発見しても、家族はなにも思わない。母が無表情かつ冷静な態度でごみに出すだけだろう。本当にしょうもない。ついでに、昨日の結界調査の結果も父に伝える。

「陰陽師がつくった結界か……」

「なんか記録とか残っていないかなって」

「神庫にいくつか巻物があった気がする。それらしいものがないか探してみよう」

話が終わったら掃除を再開。昨日は風が強かったので掃除し甲斐がありそうな境内を見渡し、気合を入れた。


登校し、教室に入ったら俺の席は何者かに占領されていた。座っているのは飯田だった。

「よっ！」と朝の挨拶をしたら、「よっ！　じゃねえ！」と怒られてしまった。はて？

「なに怒ってんだよ」

「怒るに決まってるだろ！」

「あ、もしかして、昨日の？」

「そうだ！　俺は西川に摑まって、テストが十点だったと怒られた！」

「それ、俺関係なくない？」

「たしかに!!」

指摘したら、飯田は席から退いてくれた。ものわかりのいい奴だ。

「職員室で怒られてる最中に、お前のテストの点数も見えた」

西川、恥ずかしいから本人以外には隠せよ……と思ったが、意外な結果だった。

「七十点」

「マジか！」

「マジだ！」

だめだったかなと思っていたけれど、そこそこいい点数を取っていたみたいだ。白石さんに再び感謝。

「お前、前日にガリ勉して、抜け駆けしただろう？　たかが小テストに本気を出しやがって！」

「いや、あんま勉強とかしてないし」

「してたろう!?」

「偶然白石さんに教えてもらったところが集中的に出ただけだし」

「おまっ、い、いつ習った？」

「この前、俺が休んだあとに。聞きにいったら教えてくれたよ」

　耳寄り情報を提供したのに、飯田はまったく聞いていないようだ。しばらく俯いていたが、急に俺の顔を見てハッとする。

「ま、まさか!?」

「なんだよ」

　声大きいよと言っても、血走った目をした飯田の勢いは止まらなかった。

「昨日、バス停で白石とお前が話しているところを見たって、隣のクラスの奴が」

「なんだよ、密なその情報網」

「付き合っているのか!?」

　どうやったら、そういう方向に話が飛躍するのやら。ちがうと言っても聞く耳はないようで、困った奴だ。

「昨日出かけたのは白石さんとじゃない。嘘じゃないから三組の山田に聞いてみろよ」

「山田って、あの山田か?」

「ああ、あの山田だ」

　三組に山田は三人くらいいるけれど、まあいいかと思った。

「ってことは、どっちにせよ、昨日はデートだったってことか!?」

「もういいよ、デートでもなんでも」

「クソォ、羨ましすぎだろおおお！　彼女ほしいいいい！」

飯田を見ながら思う。孤独とは人を狂わせるのだと。一刻も早く、飯田には彼女をつくってほしい。

放課後、ミケさんとモチと共に二回目の調査に向かった。今日も、昨日しめ縄を巻いた場所にちゃんと結界が張られているかを見にいく。

「ん？」

「とむ、なにか問題でも？」

「いや、モチが」

どうしてか今日もモチは木が見える前から足取りが重くなっていた。最終的には完全に動きを止め、四足で踏ん張りはじめた。調査が滞るので、抱きあげて移動する。が、それでも怯えるように震え、ずっとクウクウ鳴いていた。

その理由は目的地に着いたあとで明らかになる。

「うわ！」

「これは……」

結界のひとつと思われる大木の周囲に、昨日巻いたしめ縄が千切れた状態で散らばっていた。しかも、切り口はすっぱりと刃で裂かれたようになっていて、まっ黒に焦げついている。人の手で千切られたのではないだろう。

「ミケさん、これって……」

「あやかしの仕業です。もう少し私に神力があれば、足取りを辿れるのですが」

神力をあげるには、どうすればいいのか聞いてみる。方法として、巫女装束を纏う、神社の日本刀を持つなどが例として挙げられたけれど、どちらも現代ではアウトだ。街中に巫女美少女がいたら目立ちまくるし、刀はお巡りさんに連行されてしまう。

「夜、人目がない時間帯に巫女姿で来てみるとか？」

「いえ、夜は危険なのでやめたほうがいいでしょう」

たしかに日没後はあやかしの活動時間になる。七ツ星稲荷神社の結界が壊れた今、迂闊な行動はしないほうがいい。

「ってことは、またあやかしが出る可能性があるってこと？」

「そうですね。もしかしたら、もちの恐れ方を見ていると、近くに潜んでいるかもしれません」

「うわ、そうなんだ……」

どうやらミケさんの神力が現時点でいちばん発揮できるのは、七ツ星稲荷神社の中だけらしい。その神社内の戦いでも、前回はギリギリの勝利だったと話す。いまだ辺りにあやかしが潜んでいると聞いたら、ぞっとしてしまった。

あやかしの気などまったく感じなかった。先ほどいち早く気づいたモチは、俺たちの中でもっとも優秀だろう。っていうかモチはあやかしレーダーなのか？　お前、そんな特殊能力が……。

「それで、本日の対策は？」

ミケさんがまっ赤なポシェットから取り出したのは、『塩』。塩の結界は聞いたことがある。優れた浄化能力があるらしい。お勧めは不純物の混ざらない粗塩だとか。

小さな皿にしっかり盛りつけて、道行く人がびっくりしないように、雑草の中に紛らせるようにして置いておく。

「これでよし」

隣でミケさんも頷く。時間を確認しようとスマホを見たら父からメールが入っていた。今日の夜ご飯はいなり寿司のようだ。

「ミケさん、早く帰ろう！」

「どうかしたのですか？」

「夜ご飯はいなり寿司らしい」

ミケさんが一瞬だけ嬉しそうな顔を見せた。予想どおり、狐だけあって油揚げが好きなようだ。関係のないモチまでも尻尾を振りはじめる。

どうか今日の塩結界の効果が発揮されますようにと祈りを捧げながら、帰宅することになった。

夕食後、あやかしに結界が破られたことについて父と母に報告した。

「……そうか」

父は神妙な面持ちで返事をする。まだ鳥居や楼門の修繕も終わっていない。その状態で攻め入られたら大変だ。そんな中、ミケさんがある提案をする。

「今夜は、神社で番をしていようかと」

「葛葉様、それはちょっと、大変なのでは？」

「私は七ツ星稲荷神社の神使です。神の声をお届けして、その地を守るのは私の使命」

見た目どおりのか弱い少女ではないとミケさんは言う。それを聞いた父は、普通の人間扱いをしてしまったことを謝罪していた。

「いいえ、お気になさらず。私も人型となって、得るものがありましたから」

ミケさんにはどうしても理解できないことがあったらしい。

「それは、あなた方の家族だった狐鉄のことです。神の使命を放棄し、苦しい思いをしてまで、人でい続ける理由がわからなかった」

「ミケさん、苦しいって？」

「神より授けられしこの人型は人と同じつくりをしていて、いつかは朽ちます。人間的に言えば、老い、ですね」

神の加護で永遠の命があるのに、じいさんはそれを捨ててまで人として暮らしていた。ミケさんには愚かな振る舞いにしか見えなかったらしい。

「でも私にも、狐鉄が留まりたい気持ちがわかりました。――ここは、とても温かい」

人々の願いを聞いて神に伝え、守護する土地が危機に瀕したら神力を振るう。

それがミケさんの仕事だ。けれど、通常、直接人と関わり合うことはない。

「今回、あなた方と、心地よい時間を過ごしました」

言葉をかけ、ダイレクトに答えが返ってくるというものはすばらしいことで、なにかが満たされるような感覚を抱いたとも。

「これが、狐鉄の大切にしていたものだと、私は気づいたのです」

今まで狐像として見守っていただけでは、知ることのできなかったことだったらしい。

ミケさんはここでの暮らしを案外楽しんでいるようで、俺たちのことはじいさんの血が混じっているので他人のような気がしないとか。そして、この地を、じいさんと繋がりがある水主村家を守りたいとも言ってくれた。

「私を、稲荷神の神使の力を信じてください」

「葛葉様、ありがとうございます……」

父は両手をつき、頭を畳につけて礼の姿勢を取る。母もそれに続いた。両親が揃って頭を下げたため、ミケさんと目が合う。その瞬間に体が勝手に動き、立ちあがって、ミケさんの目の前に座る。ふと、じいさんの言葉を思い出した。ミケさんとふたりで協力しろと。

「ミケさん、俺も行く」

「え？」

「一緒に戦おう」

俺にはなにもできないのに、「一緒に戦おう」なんて言ってしまった。

「もしかしたら、神社の鈴を鳴らすとかしかできないかもしれないけど」

神使は対が揃って初めて最大の力を発揮すると言っていた。俺も、一応じいさんの血は受け継いでいる。だから、彼女の力になれるのでは？　と思ったのだ。

ポカンとした表情をするミケさんに、手を差し出す。握り返してくれなかったので懇願してみた。

「どうぞ、よろしくお願いします！」

その元気さが心に響いたのか、ミケさんは指先をそっと重ねてくれた。その手をぎゅっと握り、ふたりで立ちあがる。

「そういうわけで、今夜は社務所で待機するから」

「勉……」

一応、ふたりだけだといろいろと問題がありそうなので、父も一緒についてきてくれと頼んだ。

「いや、私は最初から神社に行こうと思っていた」

　そうして今夜は神社を俺とミケさんと父の三人で守ることになった。

　母がじいさんの部屋から巫女装束を発見したようで、半世紀ぶりにミケさんのもとに霊装が戻ってくる。帰ってきた一式を抱きしめ、ミケさんは安堵したような顔を見せていた。

　あやかしが出るのは今までの経験からすると丑三つ時。つまり、夜中の二時前後。それまで家でしっかりと睡眠をとることにする。

　夜中の一時半。スマホのアラームで目が覚める。目を擦りながら白衣と袴に着替え、顔と手、口を清める。父の車に乗って神社に向かった。ミケさんは名物、永久の花つ月を持つ。抜けない刀だが、神力上昇効果があるのだ。

　四月と言えど夜は寒い。背中に使い捨てカイロでも貼ってくればよかった。

「ミケさん、寒くない？」

「ええ、心配ありません」

　それにしても、相変わらず無駄に夜目が利く。辺りの景色は、昼間と変わらず鮮明に見える。慣れたら便利だと思ってしまった。

　同じく家で素早く着替を済ませてきた父と共に、拝殿に入る。

「あやかしめ、今宵こそ、祓ってやろう」

　父は祭壇の前でお祓い道具、大麻を手にし、勇ましく言い放つ。俺とミケさんは、父の斜めうしろに座って待機することになった。

二十分経過。変化なし。二時になる。さらに三十分経過――変化が起こる。

ミケさんが立ちあがったのと同時に、座っていた父が横へどさりと倒れた。びっくりして様子を見たら、安らかな寝息を立てて眠っている。

「この前と同じ――」

「あやかしの呪いによる、強制睡眠です」

「あ、そうなんだ」

普通の人や霊力が少ない者に効くようになっているらしい。

それが効かなかった俺はいったい……？　霊力がそこそこある、ということなのか。

「とむはここにいてください」

ミケさんは刀を腰に挿し、禁縄を持って外に飛び出した。扉を開いた途端、強い風に襲われる。拝殿の出入り口から境内を覗いたら、前に見たものよりも大きなあやかしと対峙しているミケさんの姿があった。

立っていられないほどの強風で、思わず拝殿の柱にしがみつく。

おどろおどろしく出でたつのは、ライオンのような姿のあやかし。まっ黒で全貌はよくわからないけれど、シルエットがそっくりだ。サイズは前回の熊っぽいあやかしより一回り以上も大きい。グルグルと唸るような声をあげていた。

あやかしの爪先が地面を叩くのと同時に、ミケさんも動き出す。禁縄を鞭のように操り、あやかしの目を狙って打った。

しかし、あやかしは大きな図体に対して思いのほか素早い動きで回避。体をくるりと回転させて、長い尾で攻撃をしかける。ミケさんは襲いかかってきた尾を避け、高く跳びあがって眉間に向かって蹴りを繰り出していた。意外とアグレッシブな戦い方もできるようだ。しかしながら、状況はミケさんが劣勢に見える。

だが、なんとか奮闘して、足先に禁縄を巻きつけることに成功した。

これで勝てる！　そう思ったのにまさかの事態が訪れた。あやかしが口から火を吐いたのだ。寸前でミケさんは避けていたが、続けて吐き出される火にどんどん追い詰められていく。強風の中、ふんばっている状態で柱から離れられない自分が情けない。手助けをと思っても、神主の仕事は掃除しか習っていない。

なにかないかと周囲を見てみると、倒れた父の懐に折りたたんだ紙が差し込まれているのに気づく。引っこ抜いたら、それは穢れを祓う祝詞、『大祓詞』だった。

これを詠んだら、少しはあやかしの攻撃を阻むことができるかもしれない。そう思って幾重にも折りたたまれた紙を開いたが、まさかの達筆な文字！

詠めるはずがないと思ったが、文字を目で追ったら不思議と詠める。

バチンと大きな音が聞こえた。境内に目を向けると、ミケさんの持っていた禁縄が千切れ、火で焼かれていく。まずい。ミケさんがさらに劣勢になっている。

効果があるかわからないけれど、一度祝詞を奏上してみることにした。

「高天原に神留り坐す、皇親神漏岐、神漏美の命以て、八百萬神等を――」

漢字がたくさん並んでいて、目が滑りそうになる。子どもの頃から聞いていた父やじいさんの詠み方を真似してみたけれど、まったくうまくできない。まず、単語からして独特だ。しかも、前から風が吹きつけてくるので、口の中はカラカラ。必死に片手で持つ紙も風に揺らされて大変詠みにくい。

そんな中でしどろもどろになりながらも、できるだけ大きな声で大祓詞をあげていく。

その内容は、神様にこの世のすべての穢れを清めてくださいとひたすらお願いするものだった。途中で噛んだりしつつも、なんとか読み切ることができた。

詠み終わったあと、なんだか体がポカポカして、これが神力!? なんて思っていたら、辺りがまっ白に染まっていった。目の前にはじいさんと夢で話したときのような景色が広がっている。だが、その光景も一瞬で、すぐに周囲はまっ暗闇の世界に戻った。

「あれ……？」

けれど、戻った境内の景色には変化があった。あやかしが一回りほど小さくなっていたのだ。そして、ミケさんの姿も変わっている。頭に狐の耳を生やし、ふわふわのボリュームのある尻尾が揺れていた。

可愛い……。いやいや、そうじゃなくって。

狐の姿に近くなったミケさんは、俊敏な動きであやかしを翻弄し、確かな一撃を加えていた。そして、地面に落ちていた禁縄の欠片を投げつける。あやかしの体に当たったそれは、爆弾のように爆ぜた。

そうやってあやかしの黒い体をどんどん削いでいく。ミケさんはあっという間にあやかしを倒してしまった。あやかしが消えると強風がやみ、神社は元の姿に戻っていく。

「ミケさん!!」

こちらに背を向け、佇むミケさんのそばに駆け寄った。肩を軽く叩いたら、膝からくずおれる。体を受けとめて怪我がないか聞いてみたが、意識はなかった。狐の耳や尻尾はいつの間にかなくなっている。見た感じ、外傷はないようだ。

顔を近づけてみればすうすうと寝息が聞こえてきた。とりあえず、社務所に連れていくことにした。

ミケさんを寝かせたあと、拝殿に行き、父を起こす。

「わ、私はいったい――!?」

今まで起こっていたことを話す。父は「また眠ってしまった」と落ち込んでいたので、あやかしの呪いのことを説明した。

「ふたりが奮闘していた中で、自分だけ寝ていたなど、七ツ星稲荷神社の宮司として恥ずべきことだ」

「まあ、あんまり気にしないほうが……」

あやかし退治は成功したし、よかったと思うようにする。

そのまま三人で社務所で仮眠をとり、帰宅したのは朝の五時過ぎだった。朝になってもミケさんが起きなかったらどうしようかと思ったが、帰るときに起こしたら目を覚ましてくれた。昨晩は、多少神力が戻ってきたと言っていて、今もいつもより元気な状態らしい。狐の姿に近くなるのは、神力を使うときのみだということを教えてくれた。今までは神力が足りず、狐の姿にはなれなかったと。

ついでに父や妹もその状態に近いので、耳や尻尾が出ているということも教えてくれた。その辺の説明ができるくらいには、ミケさんの記憶が戻ってきたらしい。

「自分の意思とは関係なく耳が出ているのは、神力を制御できていないからでしょう。とむは力が強いので抑えられているのです」

「葛葉様、制御はどうやってするのでしょうか？」

父が必死になって神力の制御についての説明を求める。

「吐息で蠟燭の火を消すように、ふっと神力を消すのです」

「…………」

どうやら、制御にも技術が必要なようだ。ミケさんは簡単に語っているが、父の頭上には疑問符がたくさん浮かんでいるように見えた。俺は神力が強いというようなことをミケさんは言っていたが、正直自分ではまったくわからないし、神力を制御しているつもりもない。

それはさておき、あやかしは倒せたのだ。これで、ひとまずは安心だろう。これも、ミケさんのおかげだ。

土日はゆっくり休んでほしかったけれど、父がお祓いを何件か入れていたので人手が足りなくなった。結局、巫女になってもらい、ミケさんの手を借りることに。

なんというか、申し訳ないの一言に尽きる。

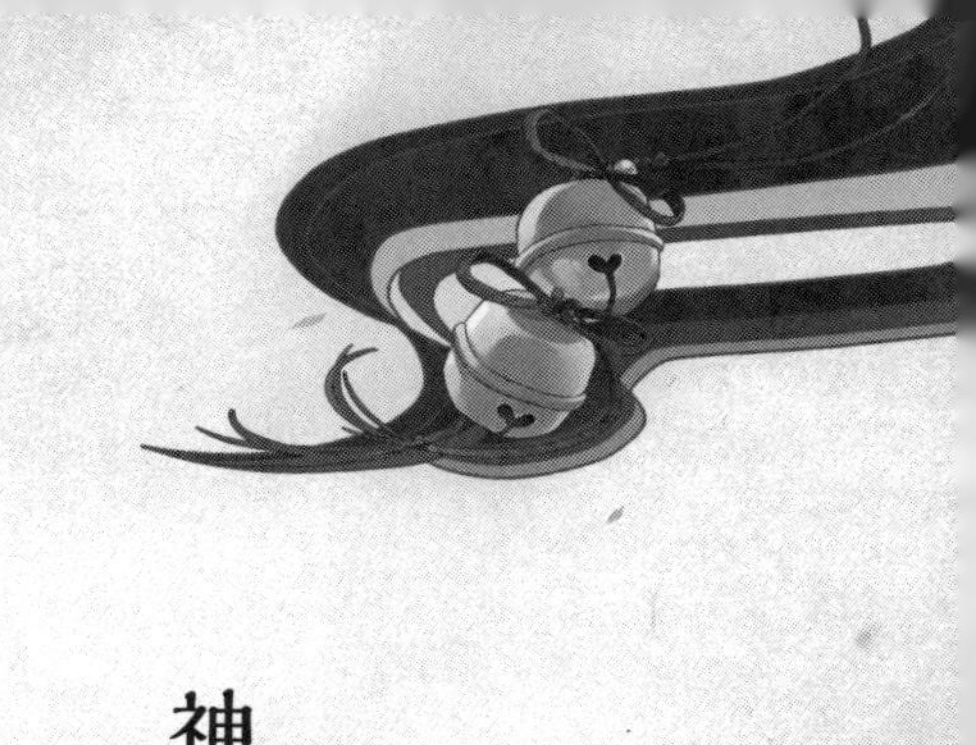

神と結界とあやかしと

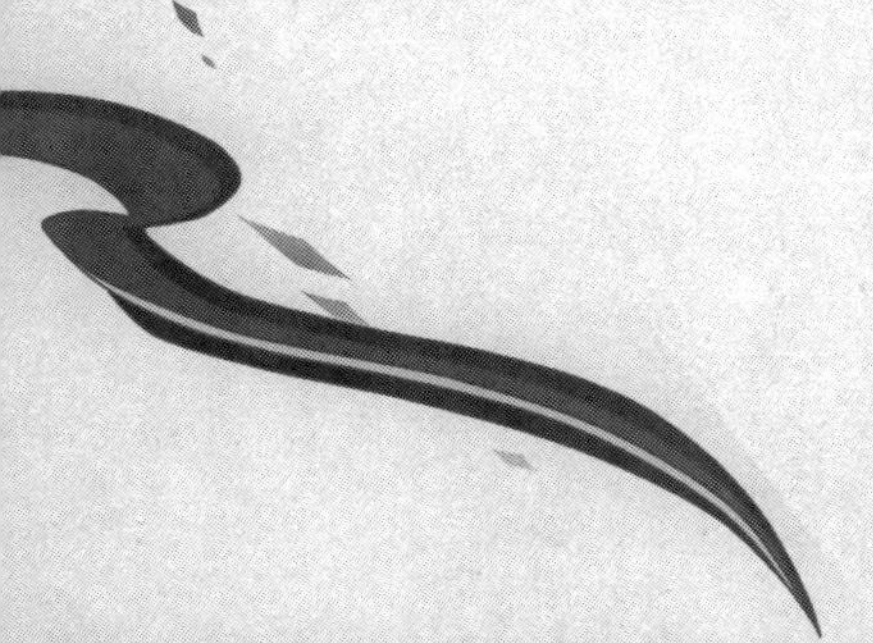

新しい週の始まりから大失敗をしてしまう。スマホを家に忘れ、取りに帰っていたら遅刻しそうになった。母に頼み込んで学校まで車で送ってもらうと、なぜかミケさんも一緒に乗ってきてくれた。車から降りて、母がするように手を振るミケさん。無表情なため、ちょっと笑ってしまった。

「どうかしたのですか？」

「いや、ごめん。なんでもない」

「そうですか」

八時のチャイムが鳴った。チラチラと登校する生徒の視線が集まっていることに気づく。このままでは、注目の的になってしまう。

「じゃあ、行くから」

「はい。いってらっしゃい」

「い、いってきます」

ミケさん、今、ちょっと笑った？　なんだか恥ずかしくなり、照れ隠しで目を伏せ、そのまま校舎へと駆けていく。

下駄箱で修二に会った。先ほど、白石さんとミケさんと俺の関係についてを飯田に聞かれたらしい。

「なんか白石とトムが付き合ってんのかって聞かれたから、否定しといた。ミケツについてはよくわからんって言っておいた」

「おお、サンキュウ」

　こいつは結構雑なところがあるけれど、口はかなり堅い。なんとなくうちの事情を察してくれているのだろう。持つべきものは友達だと思った。お礼として三十円のスナック系駄菓子を渡す。修二は「よっしゃ」と言って喜んでくれた。

「おっ、もうすぐホームルームが始まるな」

　八時十分のチャイムが鳴ったので、二階まで駆けあがる羽目になった。修二は三組で、俺は五組。途中でお別れとなる。

　教室に行くと、わらわらと数人の男子に取り囲まれた。みんな、目が据わっていて不気味だ。いったいどうしたものなのか。

「なに？」

「水主村（かこむら）氏」

「だからなんだっての」

「校門の前にて一緒にいた美少女の情報を提供せよ」

「ボブカットでつり目女子の見送りを受けていただろう？」

　さっと、スマホの画像を見せられる。写っていたのは父の車の前でニヤけ顔をしている俺と、無表情でいるミケさんの姿であった。

「さあさあ、吐きたまえ」

親戚の子で、うちの神社で働いている巫女さんだと説明する。これは父が考えたミケさんの『設定』だ。

「トムお前、アメリカンバーガー屋のせがれじゃなかったのかよ」

「バーガー屋じゃないし、そもそもアメリカ人でもないから」

こいつらの中で外国はアメリカしか存在しないらしい。残念な奴らだ。そんなクラスメイトの興味は、すぐさまミケさんに戻る。

「そうか、あの子は巫女さんだったのか」

「お、お参りに行かなければ」

神社に来てくれるのは大歓迎だ。ミケさんに絡むのは微妙なところだけど。

「そういえば、トムのところって稲荷神社だっけ？」

「も、もしかして、邪な気を持って参拝したら呪われるとか!?」

「祟りか!!」

「稲荷神、怖え!!」

「いやいや、勘ちがいだって」

お稲荷様が祟り神と言われる所以は多々あるが、どれもほかの伝承などとごっちゃになってそういう噂が広まってしまっただけにすぎない。

商売繁盛を司る稲荷神社には、他人を蹴落としてでも儲けたい、利益を独り占めしたいなどと、負の感情を持って参拝にやって来る人たちもいる。そういった参拝客の強い気に中てられて、祟られたという説もあるようだ。

基本的にはお稲荷様は五穀豊穣と商売繁盛のご神徳がある、心優しい神様なのだ。

「あー、稲荷って狐の神か」

「いや、狐は神様の眷属で神様じゃない」

「へえ、知らんかった」

言われてみたら、漫画や小説に出てくる稲荷神は狐の姿を取っていることが多い。神使のイメージが、神様にも移ってしまったのか。その辺は謎だ。

これで話が終わると思いきや、今度はコックリさんの呪いで盛りあがっている。

結果、狐は怖いという話に。

だから、うちの狐は悪さをする狐のあやかし――妖狐じゃないから！

放課後。掃除当番を終えて家に帰ろうかと廊下を歩いていたら、学級委員の吉田が大量のプリントを抱えていた。なんのプリントかと聞いたら、生徒総会の生徒用の冊子をつくるらしい。職員室でコピーして、生徒会室で綴じる作業をするのだとか。

ひとりでするると言うので、ちょっとだけ手伝うことにした。

「悪いな、水主村」

「いやいや、いつも世話になっているし」

予備の体操服を借りたり、授業でわからないことがあったら聞いたりしている。黒縁眼鏡の真面目そうな姿は、生徒の模範と言ってもいい。生徒会にも所属していて、役割はなんだったっけ……書記、だったかな？

「あ！」

「どうした？」

「ちょっと家に連絡」

「大丈夫なのか？　家業の手伝いをしているんだろ？」

「平気平気」

父に『神社の手伝いはできない』というメッセージを送っておいた。基本的に、うちでは神社の手伝いは強制ではない。好きにするように言われていた。

「よし、吉田、始めるか」

「頼む」

作業開始！　プリントをひたすら綺麗に折り曲げる。ほかの生徒会役員はどこに行ったのかと質問すると、みんな部活に行っているらしい。吉田は部活動をしていないので、職員室に行ったら顧問の先生に高い確率で摑まってしまうのだとか。お気の毒としか言いようがない。

「日ごろから先生のお手伝いとか、大学入試の面接のネタに使えそう」

「しっかり推薦文にも書いてもらわないと」

吉田は地元大学の医学部を目指しているらしい。

「水主村は神主になるんだっけ？」

「将来は、まあそうだけど、大学にも行こうかなと」

俺は神職資格取得課程がある大学への進学を希望していた。両親も「いいんじゃない」的な返事をしており許可はもらっている。

「神職の資格が取れるって、そんな学校があるんだな」

「おじいさんがいろいろ調べてくれて――」

勧めてくれたのは母方のおじいさんだ。神道学科のある四年制大学は東京都と三重県の二カ所にあるらしい。しっかり勉強をして、立派な神職者になれと応援してくれる。

「そういえば、神社に行ったことないな」

「へえ、それは珍しい」

吉田の家は敬虔(けいけん)な仏教徒で、クリスマスも祝わないし、神社への初詣も行かないらしい。お正月はお寺で年始回りをするようだ。

「変だよな、日本人って。十二月はクリスマスにケーキを食べて、年末は寺で除夜の鐘を聞いたあと、神社に初詣に行くとか」

「かなり自由だよね。うちもクリスマスは祝うけどさ」

「そうなのか」

というか、母の実家のパーティーに呼ばれると言ったほうが正しいのか。母の実家のクリスマスはセレブすぎて、毎年行っていても場ちがい感が拭えない。吉田は慣れた手つきでプリントを折り曲げホッチキスでとめながら、「大変だな」と呟く。

「でもいいと思うけどな。パーティーをすることによって経済が回る的な意味で」

「そっちか」

最近はハロウィンもイベントとして広まっているし、ますます日本が混沌の地になっていきそうな気がする。まあでも、吉田の言うとおり経済が動くのはいいことかもしれない。話をしているうちにプリントをすべて綴じ終えてしまった。綴じたのはほとんど吉田だけれど。壁かけ時計の針は十八時半を指している。

「そろそろ帰るか」

「そうだな」

吉田はバス通学なので、校門で別れた。

陽はすでに傾き、辺りは薄暗くなっている。黄昏時もあやかし時間のはじまりだということを思い出し、若干ビビりながらの帰宅となった。

庭でモチを撫でてから家に入る。散歩は紘子が行ってくれたようだ。綺麗にブラッシングされていて、毛がつやつやしている。

「とむ、おかえりなさい」

「ただいま」

ミケさんが玄関口で迎えてくれた。自転車のブレーキの音が聞こえたので、待っていてくれたらしい。可愛い女の子に出迎えてもらえるなんて、俺は世界一の幸せ者だ。

「今日は、神社に来られないという連絡が届いたと、水主村殿から聞きました」

「ちょっと学校でボランティア……奉仕活動の手伝いをしていて」

「そうだったのですね」

ミケさんにもわかりやすいような言葉を選びつつ、学校であったことなどを話した。

ミケさんは今日は父と神庫の中を大捜索していたらしい。

「なにかあった？」

「いいえ」

神庫の中身は目録があって、収蔵している品はしっかりと管理されている。

が、直接見たら結界についてわかるものがあるかもしれないから探してみようと父が言っていたものの、そういう品はなかったらしい。

「あの木以外の結界の場所は、地道に歩き回って探すしかないのか……」

「難儀な話です」

モチレーダーを駆使しつつ、調査を続けるしかない。

結界の範囲もわからないので、なかなか骨の折れそうな作業になりそうだけれど。

夕食後、父と話していると、意外な事実が判明する。

「そういえば、うちの末社に祀ってある神様は陰陽師だよ」

末社とは、神社の境内にある小さな社のこと。ここにも、神様を祀っている。

「マジか。だったらもしかして、大村市の結界をつくった陰陽師とか？」

「そういった伝承があったかどうかはわからない」

七ツ星稲荷神社は宇迦之御魂神（うかのみたまのかみ）を主祭神としているが、ほかにもいくつか神様を祀っている。

厄除けの御利益がある蘆屋大神（あしやのおおかみ）に、家内安全の御利益がある有馬大神（ありまのおおかみ）。こちらの二柱はそれぞれ、平安時代と戦国時代の英魂だと聞いたことがあった。それ以外では、宇迦之御魂神と縁のある神様を何柱か祀っている。

「蘆屋大神が陰陽師だったような」

「そうだったんだ」

俺は神様の名前や御神徳は知っていても、神様そのものの逸話を知っているわけではなかったので驚いてしまった。

会話が途切れたので、スマホで『蘆屋　陰陽師』で検索をしてみた。

「こ、これは……」

ふたつのキーワードで、すぐにヒットした。

道摩法師。またの名を蘆屋道満。平安時代の陰陽師で、あの安倍晴明のライバルと記されていた。晴明に負けず劣らずの実力を持つというところまではよかったが、そのあとに書き綴られていたのは信じられないような悪事の数々。

晴明との術比べにズルをして勝とうとしたが失敗。そのあと弟子入りしたが、晴明の留守中に奥さんと不義の関係になる。それから、ありがたい書物を盗み見て勝手に術を覚え、師匠である晴明を殺しにかかった。しかし、逆に殺されてしまったというとんでもない御方だった。

とても神様として祀られるような行いをしていない。もしかしたら、荒魂として祀っているのかもしれないけれど。まあでも、うちで祀っている神様とは関係のない話かもしれない。そっとスマホのページを閉じた。

「なにか見つかったのか？」

「いや、なんにも」

父は明日、家の裏にある蔵も資料が残っていないか探ってみるようだ。図書館の資料室にもなにかあるかもしれないので、俺も学校の帰りに寄ってみよう。

「とむ、明日も神社に来ないのですか？」

「どうかな？　資料探しが早く終われば行くけど」

　学校がいつ終わるのか聞かれたので、十六時半には校門を出ると伝えた。このままもうちょっとミケさんと話をしたいような気もしたが、今日は宿題が出ていた。そろそろ始めなければならない。二階にあがって鞄を開き、古文のプリントに向き合った。


　朝、神社に行く途中で自転車の車輪をパンクさせてしまった。仕方がないのでバス通学にする。数学の時間ではこの前の小テストが返ってきた。飯田の言っていたとおり七十点。平均点が五十四点だったので、よかったほうだろう。十点だった飯田は恨めしそうな顔でこちらを見ていたが、気にしないでおく。

　放課後。用事があるので、サクサクと帰る支度をする。途中、誰かがガラッと勢いよく教室の扉を開いた。

「おい、トム！」

　やって来たのは飯田だった。今日は図書館に行くから、勉強に付き合ってもいいなどと考えていたが思いもよらない情報が提供された。

「お前とこの前一緒に写っていた女の子が、校門前にいたけど！」

「え？」

　——ミケさんが学校に来ているだって？

びっくりして、手に持っていた英語の教科書を床に落としてしまった。慌てて教室を出て、走って下駄箱まで向かう。途中にあった掲示板に『廊下は走るな』とあったが、今日ばかりは見逃していただこう。

下駄箱で靴を履き替え、自転車乗り場まで走っていったが、愛車が見つからない。散々探したあと朝パンクさせてバス通学してきたことを思い出し、膝からくずおれる。盗まれたかと思って焦った。ミケさんがいると聞いて、脳内が大混乱していたようだ。そんなことよりも、校門前で待っているミケさんのもとへ急がなければ。

余力を振り絞って立ちあがり、駆けていく。ミケさんは――いた！　下校する制服姿の生徒の中で、妹の黒いベレー帽に樺色（かばいろ）のワンピースを着た姿は目立っていた。

横を通り過ぎる男子生徒は、凛とした立ち姿をしている彼女に視線を奪われている。一方の俺はというと、完璧な美少女を前に尻込みして失速してしまった。みんなの注目を浴びる中、「なんだ、あいつを待っていたのかよ」的な視線で見られるにちがいない。これでは針の筵（むしろ）だ。どのタイミングで声をかけようか。迷っていたら、ミケさんが俺に気づいてくれた。小走りでこちらまでやって来る。

「ミ、ミケさん、どうしたの？」

「一緒に図書館に行こうと思いまして」

ここまで、母が買い物に行くついでに車で連れてきてもらったらしい。話を聞いたら、今日も家の蔵から結界についての資料などは見つからなかったとか。

「まあ、陰陽師が活躍したのは平安時代らしいし、家の蔵にはないだろうね」

「ええ、水主村殿もそのように言っていました」

やっぱり、あるとしたら地元の図書館などだろう。

図書館のサイトを見たら、併設されている資料室の開園時間は十八時までだった。しっかり調べるのなら、急がなければならない。図書館はここから歩けば三十分ほど。バスだと十分もしないで着く。時間がもったいないし、ミケさんは踵の高いローファーを履いているので、バスがいいだろう。

「あ、あのバス、図書館の近く通るかも」

ちょうど赤い県営バスがやって来るのが見えた。今からバス停まで走ったら乗車できるかもしれない。

「ミケさん、急ごう！」

ポカンとしているミケさんの手を握り、校門から少し下ったところにあるバス停までダッシュした。列の最後に並んで、なんとかバスに乗り込む。残念ながら席は空いていないので、座席の持ち手を握るようミケさんに勧めた。

バスの中は満員に近い。ここは帰宅部一同の戦場だと思った。この辺はアスファルトがガタガタなので、車内は結構揺れる。ミケさんに辛くないかと聞いたら、ふるふると首を横に振る。

　スマホを見ると、メールが一件あった。母から『葛葉様を学校までお送りしました。合流してください』というメッセージがあったので、『会えました、今から一緒に図書館に行きます』と返信しておく。

　降りるのは駅前のバス停。ほとんどの生徒がここで下車する。運転手に二名分だと言って運賃の支払いを済ませた。駅にぞろぞろと歩いていく生徒たちを見て、ミケさんが一言。

「みんな、どこに向かっているのでしょうか？」

「駅だと思う」

「えき？」

　すぐそこなので、駅を案内する。

「あれが駅。電車っていうバスよりも大きな乗り物で、たくさんの人を運ぶんだ」

「へえ、面白いですね」

　この駅は大きな木造駅舎で明治時代に建てられたもの。大正時代に白アリ被害に遭い、一部を改築したとか。ここ最近、さらに改装されて綺麗になっている。

　ミケさんはホームに来た青い列車を見て、目を丸くしていた。

「あれは『シーサイドライナー』って名前の快速列車」

　海辺列車という名前のとおり、海沿いを走る列車だ。車窓から見える広大な海の風景は、観光客などに好評らしい。

「海、見たことないです」

「じゃあ今度列車乗ってどっか行こうか」

そんな話をしながら、駅から歩いて五分ほどの図書館に足を運んだ。

資料室は二階にあった。係の人に平安時代の資料はないかと聞いてみるが、残念なことに江戸時代からしかないと言われてしまった。もしかしたら、江戸時代にひっそりと活躍した陰陽師もいるかもしれないと思い、どういった内容のものか質問する。

「江戸初期から後期にかけてこの地を領した藩の資料ですね」

「ありがとうございます」

ざっくりと展示された巻物などを見て回る。地元に密着した資料だが、七ツ星稲荷神社の結界に関係のありそうなものは見当たらなかった。あとから館長らしき六十代くらいのおじいさんが出てくる。せっかくなので、昔の伝承など知らないか話を聞いてみた。

「あの、この辺で活躍した陰陽師の話とか知っていますか？」

「陰陽師？」

おじいさんは首を傾げながら答える。

「はい」

「知らんなー」

「ですよね。記念碑とかも？」

「なかよ」

　ここの地にある文化財と言えば、藩主大村純忠（おおむらすみただ）の城跡に藩主像、それからキリスト教徒の墓碑、古墳群などなど。なにか結界に関係あるものがないか探したが、とくに見つからなかった。

　時刻は十八時前。結構長居をしていたようだ。陰陽師の資料はなかったけれど、この地の歴史を知ることができて勉強にはなった。無駄な時間ではなかっただろう。ミケさんには申し訳なかったけれど。

「行こうか」

「はい」

　――とその前に、ちょっとだけ寄り道。図書館の道路を挟んだ向こうにある回転焼きのお店に寄った。

「かいてん焼き、ですか？」

「そう。丸く焼いた生地の中に、あんこが入ったお菓子だよ。都会のほうでは、今川焼とか大判焼きって言うみたいだけれど、この辺では回転焼きがメジャーなんだ」

　ここはたまに友達と来て、買い食いをする。この店は回転焼き以外にも焼きそばやお好み焼きを売っていて、なかなかおいしい。回転焼きは餡のほどよい甘さともっちりとした生地が評判の店だ。隣にあるケーキ屋の一個五十円のシュークリームもうまいけれど、たいていいつも売り切れているので今日は回転焼きを選んだ。

「ミケさん、白餡と黒餡どっちがいい？」

「白と、黒……」

「クリームやチョコもあるけど」

首を傾げるミケさんにカスタードクリームとチョコレートの説明をしたけれど、残念ながらうまく伝わらなかった。結局、ミケさんは黒餡、俺は白餡を頼んだ。自販機でお茶を二本買い、図書館前の公園で食べる。

「どっちがどっちだ……あ、焼き印が押してある」

「赤が黒餡ですね」

自分の分を先に取り、紙袋ごと渡した。

ちょうど十八時になり、公園のからくり時計の音楽が流れはじめ、扉が開いて人形が踊り出した。塔のような時計はポルトガルの世界遺産、ベレンの塔をモチーフにつくられたと聞いたことがある。ミケさんは回転焼きを頬張りながら、カクカクと動いて回る人形を眺めていた。

「ミケさん、おいしい？」

「はい、とても」

「それはよかった。白餡、ちょっと食べる？」

コクリと頷いたので、一口大に千切って分けた。ミケさんも黒餡を一口くれる。

甘い物を食べたらしょっぱいものが食べたくなった。お好み焼きとか焼きそばも食べたいけれど、これから夕食なので我慢する。再びバスに乗り、帰宅した。

モチの散歩に行けなかったことに対し、謝罪モフモフを行ってから家に入った。

夕食のあと、父に本日の報告会を開く。それらしい資料はなかったと伝えると、父はがっくりと肩を落とす。蔵の中の品も、古くて江戸時代のものしかなかったようだ。

「関係ないけど今日、蔵を整理していたら、有名な陶芸家の茶器が出てきて、母さんが喜んでいたよ」

「それはそれは」

今度の休みに母方のおじいさんのもとに持っていくらしい。おじいさんは熱心な日本の伝統工芸品の収集家なので喜ぶだろう。

「それで、勉、今度の休みに葛葉様とふたりで持っていってくれないか？」

「いいけど、なんで？」

「お義父様にも、葛葉様が暮らしやすくなるよういろいろと根回しを頼もうと思っているからだ」

「なるほど」

七ツ星稲荷神社のあやかし騒動にミケさんのこと。信じるか信じないかは謎だが、ミケさんのことを周囲に不自然に思われないようにするには協力が必要だろう。父の書いた手紙と、茶器を届けることを了承した。

「母さんにも一緒に行くように頼もうか？」

「いや、大丈夫」

母の実家はバスで三十分ほどの場所にある。武家屋敷みたいな、塀で建物の周りを囲んである古風な造りをした家だ。

母方のおじいさんとはつい先日の親戚の葬儀で会ったけれど、挨拶をした程度だった。正月以来ゆっくり話をしていないので、孫の顔を見せるいい機会だろう。日曜日にでも行こうかなと予定を組む。

「ミケさん、そういうわけで、母方のおじいさんに会うことになったけど、いい？」

ここでいやと言われたらひとりで行くしかない。父の手紙の信憑性は若干薄れるが。

しかし、そんな心配も杞憂に終わった。

「とむの行くところなら、どこへでも」

ミケさんの返答に、ぎょっとしてしまった。なにもかも信頼してついてきてくれると言っているようなストレートな言葉が、恥ずかしいというか、なんというか。

深い意味なんてないことはわかっているけれど。

「とむ、いってらっしゃい」

「いってきます」

　翌朝、日課の神社掃除後、ミケさんは鳥居の前まで下りてきて、見送りをしてくれた。修二の姿はない。朝練なので、先に行ったのだろう。手を振るミケさんに笑顔を向け、登校する。下駄箱で運動靴から上履きに替え、ハアとため息をついてしまった。なぜならば、昨日、学校にミケさんが来ていたのを飯田にも見られたからだ。きっと変な風に絡んでくるだろうと、憂鬱な気持ちになっている。

　足取りが重い状態で階段をあがり、のろのろと廊下を進んでいく。教室の中に入ったが、この前みたいに尋問を受けることはなかった。よかったと思い、周囲を見るとなんだか男子たちが落ちつかない様子だ。

　なんだろうと思いつつ気にすることもなく席に座って教科書を机の中に入れていたら、飯田がやって来た。片手をあげて朝の挨拶をする。

「よう」

「おう」

　飯田は空いていた前の席に座り、じっとこちらを見る。

「なあ、トム」

「なに？」

「神社って若い巫女さんいっぱいいるのか？」

「うーん、若い……かな」

女性の何歳までを若いと表現すればいいのか。ミケさんは年齢不詳だし、うちで巫女歴が長い瀬上さんは二十代半ばだったような気がする。最近入ったバイトの野中さんは大学生で未成年だと言っていた。よくわからないので、みんな若いってことで一括りにしておいた。

「そうか、若いのか」

「まあ、多分」

「そ、掃除とかのバイト募集は？」

「ない」

本当は年末にちょこっとだけ募集しているけれど、たいてい近所の氏子さんの息子さんや娘さんで人員が足りてしまう。

氏子というのは氏神が守る範囲で生活し、神道を信仰する人たちのこと。神社の催しを手伝ってくれたり、祭りを行うための寄付をしたりしてくれたりする神社にとって大切な存在だ。

アルバイト募集などで友達に声をかけたことは今まで一度もない。

「そうか、やっぱ無理なんだな」

「そんなに彼女欲しいんだ」

「欲しいに決まってんだろ」

　飯田は続ける。男子五人組で回転焼きやコンビニの肉まん、餡まんを買い食いして、ほかの味を一口齧らせてもらうとか切なすぎると。

「お前、まさかあのつり目美少女と一口あーんとかしてねえよな？」

「してないって」

　回転焼きを千切って分け合うことはしたけれど、ここは黙っておいたほうがよさそうだ。

　飯田は諦めたようで、自分の席に戻っていく。そんな彼にいいことがあるように、心の中で願っておいた。

　一日の授業が終わり、さっさと帰り支度を終わらせ、バス停まで歩いていく。今日までバス通学だ。帰ったら自転車が修理から戻ってきているはず。

　バス停はどうしてか女子率が高めだった。みんな、きゃっきゃと楽しそう。

「あ、水主村君」

　女子集団の中に白石さんがいた。小走りでこちらへとやって来る。なんの用事かと思っていたら、リボンの付いた袋を渡された。

「これ、選択科目の調理実習でクッキーをつくったの」

「へえ」

「この前のお礼に、あげる」

そういえば、白石さんのスマホを拾ったことがあった。そして、今日一日、一部の男子が挙動不審だったわけを知った。

「そわそわしていた理由はこれだったのか」

「そわそわ？」

「そう。女子からお菓子もらったら嬉しいから。みんな欲しくてそわそわ」

「水主村君も？」

「当然嬉しい」

ありがとうと言って袋を掲げる。帰ってから神社の手伝いの休憩時間にお茶請けにしてみんなで食べよう。

「あ、バスが来た」

白石さんたち女子集団の乗るバスは俺とはちがう路線みたいだ。手を振ってお別れをする。代わりに、帰宅部選抜の男子生徒たちでバス停は占領される。次のバスは見事に男だらけ。なんていうか、すごい切ない。

そのまま神社に向かう。今日はアルバイトの巫女さんの野中さんとミケさん、父の三人がいた。俺も白衣に袴姿となり、しばらくおみくじやお守りの授与所の番をする。

一時間くらいたったあとで、野中さんと休憩を交代でとる。

休憩所ではミケさんがおかえりなさいと言いつつ、座布団を勧めてくれた。

「とむ、お茶の淹れ方を教えてください」

「ん、どうして？」

「いつも、誰かに淹れてもらうのでは、いたたまれないので」

本来ならばもっと偉そうにしていてもいいのに、ミケさんはとことん謙虚な神使だ。

「気にしなくてもいいのに」

「お茶汲みに興味もあるのです」

「そっか」

ならばと、本人のやる気を尊重する形で教えることにした。

「じゃ、お湯の沸かし方から」

電動ポットに水を入れ、ボタンを押すだけ。

「湯が沸いたら音が鳴るから」

ミケさんはポットの使い方を熱心にメモに取っていた。

「で、その間に急須の用意」

実は、俺もお茶の淹れ方は適当だ。母親の見様見真似でやっているだけなので、帰ったら母にきちんと作法を習ってほしい。

まずはじめに急須に茶壺の茶葉をスプーン二杯くらい入れる。湯が沸くまでしばし会話を楽しむ。ポットが電子音を鳴らしたら、湯の注ぎ方を教えた。湯のみに人数分の湯を注ぐ。ちょっとだけ冷まして急須の中に入れ、一分経ったら完成。とってもシンプルだ。

「ありがとうございます」

お茶を湯のみに注いだのと同時に、父がやって来る。ナイスタイミングであった。

さっき白石さんにもらったクッキーのことを思い出したので、皿の上に置いて出す。

「勉、どうしたんだ、これ？」

「クラスの女子にもらった」

「へえ……」

父より先に、なぜかミケさんが反応を示す。

クッキーは猫の形をしていて、チョコペンで目と鼻と口に髭が描かれた可愛らしいもの。喜ぶかと思いきや、ミケさんは険しい表情でいる。ひとつ摘まんでじっと見下ろしていた。

「ミケさん、どうかした？」

「あ……、いいえ。猫を模した食べ物は、初めて見たので」

「そっか。けっこう、動物を模した食べ物は多いんだよ」

「そうなのですね」

さっそく、一枚食べてみた。

「うん、おいしい。素朴な味」

これぞ手づくりクッキーという感じでおいしい。ミケさんはとくになにも言わなかったものの、口元に弧を描いていた。

今日は休憩後、父に祝詞を習うため、社務所の奥の部屋に移動する。対あやかし戦で役立つだろうと思い、教えてもらうことにしたのだ。

「さて、始めようか」

父は狐耳をピンと立てながら言う。いつまで経っても、このビジュアルだけは慣れない。噴き出しそうになるのを我慢するしかなかった。

神主の基本的な所作、歩き方にお辞儀の仕方、儀式中の動きなどは小さい頃からちょこちょこ習っていた。けれど、祝詞を教えてもらうのは初めてなので緊張する。

祝詞と言っても種類は多々ある。

この前読んだ大祓詞は、年に二回の大祓式で奏上される祝詞だ。ほかには神前であげられることが多い、祓詞、身滌大祓（みそぎのおおはらい）に、神棚の前で奏上するものと挙げたらきりがない。

「まず、祝詞の中の言葉ひとつひとつを大切にするように」

言葉には霊が宿っていて、口から発することによって現実のものになると信じられている。そんな教えの数々を頭の中に叩き込んだ。

「今日はこれくらいにしておこう」

「ありがとうございます」

授業は一時間ほどであったが、背筋をピンと伸ばした状態で正座し、慣れない文字を目で追い、独特な発音で詠んだので、疲れてしまった。

外はすっかり暗くなっている。野中さんは少し前に帰ったようだ。

いつものように父とミケさんは車で、俺は自転車で帰宅する。

夕食の天ぷらを食べ終えたあと、ミケさんに話があると言われ、父とふたりで話を聞く。

「葛葉様、話とは、いったいなんでしょうか？」

「結界についてです」

ミケさんはここ数日神社内をくまなく調査したらしいが、それらしい痕跡は見つけることができなかったと報告する。

「このままでは、大変よろしくありません」

結界がなかったら、きっとこの地に強いあやかしを呼び寄せてしまうのだろう。不吉なことなので、誰も口にしないが。

「それで、最後の手段に出たいと思います」

ミケさんの口から驚くべきことが発表された。

「――蘆屋大神の末社を、調べさせてもらいます」

なんと、今までノータッチだった神様の社を発く（あばく）というのだ。

翌日、学校が終わったあと、神社に向かった。

ミケさんはやっぱり蘆屋大神の社を調べると言っている。本来、神様を祀っている場所を開くのは、特別な儀式などよほどのことがない限りご法度だ。なのでできるだけ身を清めようと、俺も社務所にある風呂に入り、白衣と袴を纏った。

「さあ、水主村殿、とむ、行きましょう」

さっきから、親子揃ってテンションが低い。果たして、この行為は神の怒りに触れないか、父とふたりで恐れを抱いていた。

蘆屋大神の末社は、本殿の裏にある。外観は大人ひとりがしゃがんだまま入れるくらいの小さな拝殿と表現したらいいだろうか。父が慎重に扉を開くと、大社造の立派な屋根と囲いの中から、神棚が現れた。

「では、今から神を呼び寄せます」

「え？」

「く、葛葉様、社の中を見るだけでは？」

「呼んで、聞いたほうが早いでしょう」

びっくりした。直接神様を呼ぶなんて、誰が想像するだろうか。

儀式は父ではなく、ミケさんがすべて執り行うという。俺と父は大変焦った。あたふたした結果、神前なので正装で臨もうという話になる。一度末社を閉じ、社務所に戻る。

　父が車で一度家に帰って衣装の一式を持ってきた。父とミケさんは手早く着替える。俺は、先ほどと変わらず、白衣と袴の見習い神主姿。正式な神主でない以上、これが精一杯の正装なのだ。

「う……むう！」

「父さん、どうかした？」

「それが――」

　父は冠に狐の耳が入らなかったようで、左右の耳の間に被る形になっていた。狐耳の正装姿はなんともいえない。気にしたら負けだと思うようにする。

　ミケさんは、初めて見る姿で現れた。いつもの白衣と緋袴（ひばかま）に、千早（ちはや）と呼ばれる胸に緋色のリボンがついた薄布の上着を着ている。頭には、菊の飾りがついた前天冠（まえてんかん）を被っている。これらは、神事を行う際の格好らしい。

　準備が整った父は儀式用の祓具（はらえぐ）を持ち出し、ミケさんにお伺いを立てた。

「葛葉様、あの、蘆屋大神に御神楽（みかぐら）を奉納させていただきたいのですが」

「ええ、そうですね。蘆屋大神へのご機嫌伺いも必要でしょう」

　神楽と言えば巫女さんが舞うイメージがあるが、七ツ星稲荷神社には神主が踊る歴史の古いものがある。主に神様をこの地に降ろすときに奉納するもので、一般参拝者の前で行われることはない。

「勉も頼む」

父より龍笛（りゅうてき）を手渡された。龍笛は天空を舞いあがる、龍の鳴き声に似ていると言われている。俺に吹けというのか。八歳の頃から一カ月に一度習っていたが、実際に神前で吹いたことなど一度もなかった。

いちばん得意なのは、某龍王を倒すゲームのレベルアップしたときのメロディ音。さっそく吹いてみると、ゲームを知らない父になんの音楽かと聞かれたので、「人が高みに到達したときの、厳かな調べ」だと言っておいた。多分、本当のことを言ったら怒られる。

儀式の演奏は龍笛に管楽器の笙（しょう）、太鼓に縦笛の篳篥（ひちりき）を使って行われる。いつもは雅楽道友会の人たちが演奏してくれるが、今回は正式な儀式ではなく秘密裏に行われることなので、龍笛だけで我慢していただく。フルオーケストラではないことを、心の中で謝罪した。

それから、末社の前に祭壇をつくった。神饌、つまりお供え物も準備して、しっかりと神様の降臨に備える。やがて参拝時間が終了したので、楼門を閉じにいった。

準備が完了したと見るや、ミケさんが再び蘆屋大神の社の神棚を開く。中にあった御札に描かれていたのは、格子模様の紋印。『蘆屋　陰陽師』で検索したときに出てきたものと同じである。ということは、やはりここは蘆屋道満の英魂を祀ったものだった。

蘆屋大神は厄除けの御神徳があり、この地を守る氏神でもある。もちろん、荒魂として祀っている。だから、父も必要以上に慎重になっていた。

地面に茣蓙を敷き、胡坐をかく。静かな境内で、俺はたどたどしく神様に感謝の気持ちを伝える演目を吹きはじめた。父は大麻を持って空いているほうの手で塩を撒き、舞を始める。

はじめは場を浄化させる舞から。そのあと、神に捧げる舞をいくつか奉納した。

ミケさんはその間中、真剣な眼差しを末社に向けている。毅然とした態度でいた。今日の彼女は神使と呼ぶにふさわしい態度だった。

神楽も終盤に差しかかる。父の額には汗が滲んでいた。将来習うことになるので動きなどを頭の中に叩き込みつつ、俺も精一杯、神への感謝の気持ちを込めながら演奏を行った。

やがて父が九十度の角度のお辞儀をし、これにて神楽の奉納は終了した。

「ご苦労様です」

疲労の色を滲ませる父に、ミケさんは下がっているよう命じた。

「今から神降ろしを行います」

ミケさんの白衣の中から出てきたのは、人型に折った紙。神様を降ろす御神体のようだ。

「これは、神より授けられし特別な神具です」

「神様をミケさんみたいに実体化させるもの？」

「いいえ、こちらは神を霊体として呼び、この地にとどめるものです」

ミケさんは御神体を祭壇の上に置く。それから、聞いたことがない祝詞のようなものを奏上した。凜とした、よく通る声が境内に響き渡る。

だんだんと風が強くなっていく。あやかしが来たときのことを思い出し、全身に鳥肌が立った。この前のように嫌な感じはしないが、恐怖が蘇ってしまい父の顔を見た。

「勉、大丈夫だ。怖いものではない。これは神風だろう」

「かみかぜ？」

神風とは読んで字のごとく神の力によって吹き起こされる強い風のことらしい。あやかしに襲われたときに吹いていたものは、神の怒りを示すものだったのだ。そういう話を聞いたら、この地は神によって守られているのだという実感が強まる。

ミケさんの祝詞は続く。辺りはすっかり暗くなっていた。

強い風に加え、ゴロゴロと大きな音が鳴る。神鳴り（かみな）だと、父が呟いていた。茣蓙の上に正座して、頭（こうべ）を垂れる、神様を迎える姿勢を取った。俺もあとに続く。ピカッと一瞬周囲が光に包まれ、ドーンという雷鳴が轟いた。ビリビリと地面が大きく震え、父とふたりで震動に耐えきれず倒れ込んでしまう。そんな中でも、ミケさんはしっかりと立ち、まるで歌うように祝詞を唱えながら前を見据えていた。

いつの間にか、暗闇の中に白い霧のようなものが漂っていて、視界がぼんやりとしてきた。ミケさんは懐から扇を取り出し、はらはらと扇ぐ。すると、霧が晴れていった。

と、父が素早く一瞬、姿勢を正したが、すぐにまた頭を下げた。

「――あ」

ミケさんの先にいる人影に気づいた。すらりとした身長の、お坊さんみたいな格好をした男の人が立っていた。雰囲気が人間離れしている。

すぐに神だと気づき、父のように頭を下げた。

『……身どもを呼び出ししは、汝(おまえ)か？』

声が、直接脳内に響き渡る。実体化していないからだろうか。不思議な体験だ。

神様の問いかけに、ミケさんが返事をする。

「ええ、まちがいありません」

ミケさんは自らを、宇迦之御魂神の神使だと名乗っていた。

『そこにいるは、水主村の子孫か？』

「はい」

面(おもて)をあげよと言われ、恐る恐る姿勢を正す。ミケさんが脇に避けると、ぼんやりと光る人間の姿が目に映った。

改めてじっくり見た蘆屋大神は三十代半ばくらいで、口元と顎に髭を生やしていた。僧侶のような格好をしており、手には錫杖(しゃくじょう)を持っている。坊主頭で目は細いが鼻は高く、口元の引き締まっているすらりとした体形の男前だ。けれど、神経質で気難しそうな雰囲気がある。

格好からなにから、テレビで見る陰陽師のイメージとはかけ離れていた。細い目をさらに細め、怪訝な表情でこちらを見下ろしている。

「そこの人間が七ツ星稲荷神社、十九代目当主である、水主村翼です」

『ほう？　狐の耳を生やしているとは、面妖な』

「父親が霊狐ゆえ、このような姿に」

『血筋に狐を入れるとは、な。それに、子はどうした？　鬼のような面をしておる』

鬼ねえ……って俺のことか。

そういえば昔の日本では見慣れない容姿の外国人を、鬼と呼んでいたという話を聞いたことがある。

「彼は、水主村勉です。外国の血を受け継いでおります」

自己紹介タイムが終わったところで、ミケさんが、神様――蘆屋大神に今回呼び出した理由を説明することになった。

「……というわけで、この地の結界が壊れてしまったのですが」

『ふうむ』

「以前、結界をつくったのはあなたでしょうか？」

『いかにも』

約千年前に、結界をつくってくれたのは蘆屋大神であることが明らかとなった。

なんでも当時、あやかし騒動が多く、ご先祖様がどうかこの地を救ってくださいと頼み込んだらしい。ミケさんが続ける。

「その縁で、あなたはこの地に祀られているのですね」

『然り』

これから結界について、お話を聞かせてくださいとお願いをしなければいけない。さてさてどういうふうに請えばいいものか。父は今まで見たことがないほど、緊張の面持ちでいた。とりあえず、この場の主導権はミケさんに任せているようだ。父は未だに額に汗を浮かべている。狐の耳もぺたんと伏せられた状態になっていた。

「それで、結界が壊れてしまったので、どうにかできないかと思っております……」

『それは、壊した汝らの責任であろう？』

「え？」

『結界の礎は楼門の前の対となった神使像だった。永久に変わらないものを選んだつもりであった。まさか狐の置物が人の子に恋をして、身を滅ぼし、結果、守るべき子孫を危険に晒しておったとは、愚かとしか言いようがない』

おお、ほどよく荒んでいらっしゃる。さすが、荒魂として祀られた神様だ。じいさんやミケさんがフレンドリーすぎて忘れていたけれど、神様って本来はこういうもんだよなあとのん気にそんなことを考えてしまった。

祈りを聞いてもらうには、神様に感謝して礼儀を尽くさなければならない。俺たちは今まで蘆屋大神が土地を守る結界を張ってくれていたことなんて知りもしなかった。本来ならば、感謝を捧げるまつりを行わなければならないのに。社の扉を開かない小祭は行っていたが、大々的なまつりはしていなかった。

このようにお怒りになるのも当然だ。

蘆屋大神がつくった結界は千年もの間、あやかしの脅威からこの神社を守ってくれた。まずはお礼を言うべきだ。まあ、この場であれこれ物申すのは火に油を注ぐ行為なので言わないけれど。というか、神主でない俺が神様に直接話しかけるなんて恐れ多いことだ。今はひたすら平伏するばかりである。

結局、交渉は決裂した。ミケさんは最後まで強気な態度でいたけれど。蘆屋大神の体は無情にもすうっと消えていった。顔をあげると、シンと静まり返った中で、ひとり立ち尽くしたまま申し訳なさそうな顔をしたミケさんが振り返る。

ちょっとだけ涙目になっているのは気のせいだろうか。こういうとき、夜目が利くのはいいことなのか、悪いことなのか。今は気づかない振りをした。

俯いたまま言葉を発しないミケさんに声をかける。

「ミケさん、帰ろう」

「そう、ですね」

三人とも、言葉少なに後片付けをした後に、帰宅することになった。


翌朝。本日も学校に行く前に神社の清掃を行う。

末社前は平穏そのものだった。昨日、蘆屋大神が荒ぶった様子でご降臨されて、説教をして帰っていったなんて信じられない。

朝の挨拶は今までもしていたけれど、今日からは結界をつくってくれたことへの感謝の気持ちを伝えることにした。

そろそろ登校時間になろうとしていたので、竹箒を掃除道具置き場に戻しにいく。

「とむ」

振り返れば、ミケさんがいた。無表情だが、気持ちが沈んでいるようにも見えた。もしかして、蘆屋大神とのあれこれをまだ引きずっているのか。

「ミケさん、どうしたの？」

「いえ、昨日の……」

昨日のことは仕方がないとしか言いようがない。困ったからお願いをしたら希望を叶えてもらいましたなんて、神様はそんな都合のいい存在ではない。

ついでにお願いする相手もただ者ではなかった。蘆屋大神こと蘆屋道満。伝説が本当かわからないけれど、ものすごく厳しそうな人だと思った。それに、結界が壊れたからまた直してくれだなんて、普段自分に対して礼を尽くしていない相手に突然言われたら怒るのも無理はない。

「陰陽師大作戦は諦めよう」

「え？」

「なにかいい方法があるから、ミケさん、一緒に考えよう」

「ですが……」

「大丈夫、うまくいくから！」

言葉には不思議な力が宿っている。ゆえに、昔から口に出したことは叶うと信じられていた。逆に自らの実力に伴わない状態で発した言葉は、よくない形で返ってくることがある。でもこれは〝驕り〟ではない。どうしてか、ミケさんとふたりで頑張れば、必ず解決できると俺は確信していた。

「刀のこともまだ調べていないし、もうひとりの神様だっている」

刀はもうひとりの神様、有馬大神に関わりのあるものかもしれないのだ。

有馬大神は家内安全の御神徳がある神様と言われているが、蘆屋大神みたいに調べてみなければわからない。でも、結界を直してくれる可能性に賭けてみようと、前向きに考えている。次に神様を降ろすことがあれば、もっと慎重に行動しなければ。昨晩の失敗をしっかり胸に刻んでおく。

「とにかく、落ち込んでいる暇はないってこと」

あやかしを倒す手段を得るだけでは根本的な解決にはならないけれど、とりあえず、できることから始めたい。

「そういうわけだから、よろしく」

手を差し出したら、ミケさんはそろりと指先を差し伸べつつ優しく握ってくれた。

「あの、とむ」

「なに？」

手を離そうとしたら、ミケさんが話しかけてくる。

「前に、あやかしと対峙しているとき、祝詞を詠んでくれたことがありましたよね」

「あ、うん」

あの日の拙い祝詞は思い出すだけで恥ずかしい。風の音で聞こえていないだろうと思っていたが、しっかりミケさんの耳に声は届いていたようだ。

「それで、まだ誰にも言っていないのですが」

なんだろう。発音をまちがっていたとかのだめ出しだろうか。なんだか動悸が激しくなってくる。……あ、このドキドキは手を繋いだままだからか。

「いいですか、言っても？」

「あ、はい、どうぞ」

視線が手元にいっていた。今度はしっかりとミケさんを見る。

「とむの祝詞を聞いていたら、神力が大きく回復したのです」

「え？」

「その日から何回か、水主村殿の祝詞も聞いてみたのですが、回復量はとむと比べるとほんの僅かで……」

「そ、それって、どういう奇跡なんだろう？」

「多分、相性がよかったのかなと」

相性！　そういう奇跡だったのか。ちょっと、いや、かなりびっくりする。

「その、毎日ではなくてもいいので、祝詞を詠んでくれないかと思って。神力が戻ったら、あやかしと戦う手段も増えますし」

「それはもちろん！」

まだまだ練習しなければならない部分があるけれど、ミケさんの力になるのならば喜んで奏上したい。

「ありがとうございます。それを、お願いしたかっただけです」

「そっか」

ミケさんの神力が戻れば、いろいろと対策も練ることができるだろう。思いがけないところで希望が見えてくる。

ピコン、と着信音が鳴った。ここでミケさんがパッと手を離す。残念に思いながらもスマホを開いたら、修二から『学校行かないのか』というメッセージが入っていた。

「あ、学校行かなきゃ。じゃあ」

「あっ、鳥居まで見送ります」

悪いなと思ったけれど、せっかくなので、ありがたく見送りを受けることにした。

手を振るミケさんが可愛くてニヤニヤしていたら、鳥居で待っていた修二から「新婚夫婦かよ」と突っ込まれてしまう。

そ、そんなんじゃないってば。

休み時間にうちの神社にある刀についてスマホで調べてみることにした。

名物、永久(とこしえ)の花(はな)つ月(づき)。左矢川八之丞(さやかわはちのじょう)作。

室町時代の刀だと聞いていたけれど、検索してもヒットしなかった。残念。続いて、刀をつくったのではと思われる刃物工芸店を検索してみた。なんと、そこは五百年の歴史があるところで、始まりを辿れば刀剣をつくっていたとか。

行ってみる価値はありそうだ。とはいっても、ミケさんと共に刀を担いでいくわけにはいかないので、父が休みの日に車で運ぶしかない。

残りの休み時間はアプリゲームでもしようと思っていたら、飯田がやって来る。

「おい、トム！」

「なんだよ」

「学校からバイトの許可証もらった」

「へえ、やったじゃん」

なんでも、コンビニのバイトに挑戦してみるらしい。

「放課後、働くのか？」

「ああ。これで、女子高生の同僚ができる……」

どうやら可愛いバイトの女子がいる、コンビニの求人に応募するみたいだ。なんていうか、動機がちょっとアレだった。でも、労働を通じて社会を知るのはいいことだ。ついでに彼女ができたら儲けものである。

「まあ、頑張れ」

「おうよ！」

求人誌を片手に持ち、期待と希望に満ちた目を輝かせながら飯田は去っていった。

飯田同様、俺にも希望が見えてきている。それは、ミケさんが言ってくれた、俺の祝詞を聞くと神力が回復するというもの。祝詞を奏上することによってミケさんの力になれる。とてもすばらしいことだ。だが、この前のように拙い祝詞を詠むわけにもいかない。

父の声を録音して、聞きながら練習をしなければ。祝詞の詠みあげ練習は、将来神主になってからも役立つだろう。

俗っぽい話だけれど、神社経営でいちばんの収入はお祓いや祈禱をして得る祈願料である。全体収入の六十パーセントほどになるとか。よくお賽銭で儲けているだろうと聞かれるが、その辺については参拝する方との御縁だからと、父は話をはぐらかしていた。実際そこまでお賽銭の儲けは多くないはずだ。

祈願の種類はいろいろあって、七五三に地鎮祭、商売繁盛や無病息災など多岐にわたる。神社で行う厄除けなどは一回五千円から。神社の外でやる儀式は、家を建てるときに行う地鎮祭とか工事成功を祝う竣工式の清祓いとか。

そういうわけで、祝詞を詠むことは神職者にとってとても重要な仕事のひとつなのだ。あと、龍笛の練習ももっとしたい。昨日の演奏はところどころ音を外したりして、舞をしていた父がズッコケそうになっていた。大いに反省すべきだろう。

放課後。掃除当番を無難にこなし、本日は日直だったので日誌を職員室に持っていった。職員室はなにも悪いことをしていなくても、入ると緊張する。ピリッとした空気がなんとも言えない。担任は不在だったので、机の上に日誌を置いてさっさと出よう。そう思っていたのに、数学教師の西川に摑まってしまった。

「水主村、ちょっと来い」

「はい？」

ちょいちょいと、指先で手招きされた。嫌な予感しかしない。

西川は学生時代ラグビー経験があり、無駄に大きな体をしている。加えて顔も厳つい。なぜか一年中ジャージで、体育教師みたいな格好でいるのだ。やたら熱くて、口うるさいところもあるが、授業はそこそこわかりやすく真面目ないい先生だ。

それにしても、いったいなんの用事なのか。ハラハラしながら近づく。西川は隣の安田（やすだ）先生の席の椅子を引き、座れと勧める。先生の椅子に座るなんて恐れ多いと思ったが、言いつけどおりに腰かけた。

なんでしょうかと聞いたら、神妙な顔つきで話しはじめる。

「──お前の家、神社だったよな」

「そうですが」

「お祓いとかもしているよな？」

「ええ、まあ」

なんでも、西川の家でラップ音のようなものが夜中に聞こえてくるらしい。獣のような鳴き声も。

「あれ、絶対犬とか猫じゃないんだよ。気持ち悪くって」

もしかして、西川の家の近くに結界があるのだろうか？

「先生の家の周囲に、大きな木とか像とか、古いなにかがあったりしますか？」

「や、やっぱり、そういうのにはなにか憑いていたりすんのか!?」

「そうですね。というか、この世のものにはすべて、霊が宿っていると言われてますが」

「さすが、神社の息子だな」

話を聞いたら、西川のアパートの近くには井戸があるらしい。大変古いもので水は枯れており、井戸の近くに住民が近づけないように柵で囲まれているとか。口には石の蓋のようなものが被さっていたようだが、いつの間にか崩れてしまっていたそうだ。

「危険だから管理人さんに相談もしたが、不良グループのいたずらだろうって」

「なるほど」

不思議な現象も起きている。ますます結界であるという可能性が高まった。

「それで、お祓いをと思っていたんだが、その、なんだ、お祓い代とか……」

「出張の祈禱料は二万から三万くらいですね。詳しいことは父に聞かなければわかりませんが」

「にまんからさんまん……。そ、そうか」

まあ、あやかしの仕業だったら、お祓いをしてもあまり意味はないだろう。西川も神社へ依頼をすべきか迷っているように見えた。

「先生の家ってどの辺ですか?」

「お前、まさかお祓いとかできるのか!?」

「できません、まったく」

ついでに霊感もないことを伝えた。西川はがっくりと肩を落とす。

「家は、あれだ。個人情報。教えるわけにはいかない」

「そうですよね」

とりあえず、鈴と盛り塩の効果などを教えた。それから、神社へのお参りも勧めてみる。

「お前のところ、稲荷神社だったよな。やっぱり強い神様なのか？」

「ええ。五穀豊穣と商売繁盛のご神徳があります」

「今回の件に関係ないじゃないか」

「あ、厄除けと家内安全の神様もいますよ」

「それだったら、まあ、行ってやらなくもない」

「よろしかったらぜひ。お守りやお札もありますので」

営業が終了したところで、帰宅することにした。

今日も自転車で神社に向かう。社務所に瀬上さんがいたので、質問をする。

「瀬上さん、この辺のアパートで近くに井戸があるところとか知っていますか？」

「井戸？」

一応、周辺を探す予定だったが、瀬上さんが知らないかなと聞いてみた。

「うちのアパートに井戸があるけれど」

「ええ、でも古くて不気味で。枯れているし埋めてもらいたいのよ」

瀬上さんのところにある古井戸も蓋がなくなっているらしい。もしかしたら、西川と一緒のアパートかもしれない。

「本当ですか！」

「え!? い、いや、今、地域研究で井戸を調べていて」

「でも、なんで井戸？」

「そうだったの」

苦し紛れの理由であったが、信じてくれたようだ。

「今日はこれで終わりだから、今から一緒についていてくる？」

「いいんですか？」

瀬上さんのアパートはここから車で十分ほどらしい。

「あ、ミケさんもいいですか？」

「え、あの子、学生じゃないでしょう？」

そうだった。ミケさんの詳しい事情は家族以外知らない。うっかりしていた。

「まあ、別にいいけど」

「ありがとうございます」

父に断り、井戸調査に向かうことになった。

瀬上さんの車に乗り、アパートに向かった。駐車場に車を停めたあと、建物の裏に井戸があると教えてくれる。

「柵の中に入ったりしたらだめだからね、危ないから」

「了解です！」

「帰りはどうする？　何時くらいになるか携帯に電話をしてくれたら——」

「大丈夫です。バスで帰りますので」

「そう？　ごめんなさいね」

「いえいえ」

「あ、この辺、暗くなったら不良のたまり場になるから、気をつけてね」

「了解です」

瀬上さんはこのあと用事があるらしい。もう一度、お礼を言った。

「じゃあ、葛葉さんもまた明日」

「お疲れさまです」

瀬上さんはそのまま車に乗って出かけていった。

「さてと、ミケさん、調査をしようか」

「そうですね。その前にとむ、ふりょうとはなんですか？」

「あー、なんだろう。道から外れて、やんちゃしたい人？」

「そうなのですね」

井戸の蓋が壊されたのは、不良の仕業だと言っていたからか。いずれにせよ、暗くならないうちに、切りあげたい。

聞いた話によると、こちらのアパートは築四十年。なかなか時代を感じる建物であった。二階建ての計六部屋という、小さなもので、二部屋はカーテンもなにもないので空室のようだ。郵便受けを見たら、一階に西川の名前があった。ここに住んでいることはまちがいない。

裏手に回ると古井戸を発見した。石を積んでつくったもののようで端が崩れかけていて危ない。それに、若干不気味でもある。

「とむ、これは――」

「明らかに怪しい。空気も奇妙だ」

俺でもここは変だと感じた。嫌な空気がびゅうびゅうと井戸の口から出入りしている。

「あやかしがこの地に固執して、居着いているのでしょう。姿は見えませんが、近くにいるのがわかります」

「うわあ……」

まさか、ここで戦うのだろうか。聞いてみたら、ミケさんは首を横に振る。

「神社外での戦闘は不利になりますので」

「あ、そうだった」

なんとか神社までおびき寄せなければならない。

「このあやかしが、なににこだわってこの地にいるのか……」

「うーん」

さきほど瀬上さんにも、怪奇現象に遭ったことがあるかさり気なく聞いてみた。答えは「ない」の一言だった。ということは、怪奇現象に苦しんでいるのは西川だけになる。

ミケさんにも事情を説明した。

「待ってください。ちょっと調べてみます」

ミケさんは周囲を歩き回る。すると、西川の部屋の前でなにかを発見したようだった。

「とむ、露台にある石が目的だったようです」

「石？」

なんの変哲もない手のひらサイズの石ころに見えるが、井戸の欠片らしい。

「なるほど。井戸が欠けているせいで、完璧な出入り口ではなかったのですね」

「ミケさん、それはどういう意味？」

「井戸のような暗く深い場所は、現世(うつしよ)と幽世(かくりよ)の境目になっていることが多いのです。この井戸も、そうなのでしょう。七ツ星稲荷神社の結界がなくなったから、あやかしの出入りが可能になったのかと」

現世というのは、いわゆるこの世。幽世というのは、いわゆるあの世のことだ。

その境目を行き来するのが、あやかしらしい。

「なるほど。しかし、怪奇現象が西川にだけあった理由はなんだろう？」

「井戸を完璧な形にしたかったのでしょうね」

井戸が欠けていなかったら、もっと強いあやかしが出入りできるようだ。

しかし、あやかしは石を持ち運べるほどの力はなかったようで、西川に取り憑いてどうにか運ばせようと頑張っていたようだ。

「井戸の石は、なんで西川の部屋のベランダに？」

「人の手垢がたくさんついていたので、ふりょうの仕業かと」

「不良が壊したときに欠片が飛んでいったってことか。じゃあ、この石を持ち帰れば、あやかしが来ると？」

「そうですね」

あやかしをおびき寄せるために、石を持ち帰ることにした。

アパートから持ってきた石――井戸の欠片を携えて父に報告しにいった。

結果、今夜も父とミケさんと三人で、丑三つ時になったら神社に向かうことになる。

井戸の石はミケさんが持っていた。

拝殿と楼門の間にガラスのコップを四方に置き、中に水を注ぐ簡易結界をつくった。中心に石を置いて、あやかしが近づけないようにする。あやかしの弱体化を狙うため、大きな桶にも水を張った。盛り塩も用意しておく。

夜――拝殿の扉を開け放ち、俺と一緒に中で正座をしていた父は、今日こそは眠らないとキリリとした顔でいた。だが、強い風が吹きはじめたのと同時に、あっさりと倒れてしまう。寝顔から無念さが伝わってきた。

遠くから物音が聞こえる。ずるり、ずるりと地面を這いずるような音だった。

目を凝らしたら、閉じたはずの楼門が開いていて黒い物体――あやかしが現れる。

大きさは前回のライオンよりも小さい。ミケさんは拝殿前で永久の花つ月を紐で括って腰に吊るし、手には扇を持ってあやかしを待ちかまえていた。

檜扇と呼ばれるそれは神より授かりし神具のひとつで、三十九枚のヒノキの板からつくられ、縁起のいい龍の絵が描かれた紙が張られている。左右に細長く切った赤い布を垂らしており、扇を揺らせば蝶のようにひらりと舞っていた。

大変美しい扇であるが、ミケさんの神力に反応して風を起こす力があるらしい。

昨日、神降ろしの儀式のときに霧を払ったのもあの扇だった。

檜扇はどこにあったのかと父に聞いたら、近所の古物商で買ったと。本物なのか怪しいが、今、こうして役立っている。

このあやかしは、オオサンショウウオのようなシルエットをしている。対峙したミケさんは、さっそく攻撃に出る。こちらも賽銭箱の方を向いて座り、祓詞の奏上を始めた。神力を使い、ミケさんは狐の耳と尻尾を生やしている。

ズルズルと這うようにこちらへと移動するあやかしも、速度を速めてきた。

ミケさんが檜扇を翻し神楽を舞うような動きをすると、竜巻のようなものが発生する。鋭く巻きあがった風はまっすぐ飛んでいったが、あやかしが甲高い咆哮をあげたら霧散してしまった。

風による攻撃が効かないとわかると、禁縄を取り出し鞭を扱うようにしてあやかしを打った。バチンと音が鳴り火花のようなものが散ったが、残念ながらあやかしは無傷だ。攻撃が効かなかった不安をかき消すように、祓詞を詠む声を大きくする。特別な効果はないと思うけれど……。

今度は、あやかしが先ほどとは異なる鳴き声をあげる。鼓膜を突き破られるような音が、辺り一面に響き渡った。地面がグラグラと揺れ、耳の奥に刺さるような痛みを感じ、その場に突っ伏す。死ぬほど耳が痛い。耳に触れて血だらけだったらどうしようと、恐ろしくなる。爆音と表現してもいい怪奇現象は、周囲の音を聞き取る手段を奪う。

「うっ……！」

しばらく意識を失っていたようだ。瞼を開くと、拝殿のすぐ前にあやかしがいた。

「――ッ！」

悲鳴を呑み込み、耳の痛みも忘れて立ちあがる。

どうしようか迷ったが、ふとあることに気づく。あやかしは俺のことを一切気にしていない。オオサンショウウオ風のあやかしは、境内の中央に置いてある井戸の石をじっと眺めるばかりだった。

もしかして、水の結界のおかげで触れることができないとか？

それよりも、ミケさんはどうしたのかと、先ほどまでいた場所を見る。

「――!?」

ミケさんは境内で地に伏した状態で、微塵も動いていなかった。耳や尻尾は消失している。慌てて駆け寄った。体を揺すりながらミケさんの名前を呼ぶ。

まだ聴覚が戻っていないので、うまく発音できているか謎だけれど。手首を取って脈があるかどうか調べる。よかった。ミケさん、生きている。

ホッとしたのも束の間。とにかくあやかしをどうにかしなくてはならない。

聴力を失ってしまったので、祝詞を詠むことはできなくなっていた。言霊の籠った祝詞は、正しい発音で詠まないと意味のないものだからだ。

ほかに、抵抗する手段はないか周囲を見回す。すると、境内の中央に置いてある桶に張った水と盛り塩が目についた。奴は水が苦手なのかもしれない。

ここでぼんやりしているわけにはいかないので、勇気を振り絞って桶のもとまで走る。

無事、桶のある場所まで到着した。幸い、あやかしにこちらを気にする様子はなかった。距離にして六メートルほど。いまだ懸命に井戸の石を眺めているように見える。

その間に、対策を取る。まず、盛り塩を水の中に入れた。次に、柄杓でよく混ぜる。そして、塩水の入った桶を持ちあげ、あやかしに向かって一気に中身をぶちまけた。

『――、――、――!!』

瞬時にあやかしから、大量の湯気のようなものが発せられる。地面も揺れ、空気も震えていた。先ほどと同じように咆哮をあげているのだろう。

急に激しく震え出したので、距離を取る。

ミケさんのもとに行き、腰の刀を外し地面に置くと体を横抱きで持ちあげて手水舎のもとまで駆けていった。

もくもくとあがる煙のようなものを、じっと眺める。そのまま天に昇るように浄化してくれと、心の中で願った。

『鬼の子よ』

突然隣から聞こえてきた声に驚き、抱えていたミケさんを地面に落としそうになった。

顔をあげたら、目の前に法衣を着た神様の姿がある。

――あ、あれは、昨日ご降臨された、蘆屋大神では？

『いかにも』

——脳内会話ができるらしい。ってことは、昨日も考えていることが筒抜けだった？

『下々の者の考えなど、どうでもよい』

——で、ですよね……。寛大な神様で本当によかった。

いったいなにをしにいらっしゃったのか謎だったが、この難局を打開するため手をお借りしたい。でも、昨日の今日で頼ったらまた怒られそう。ああ、どうしよう。

『まどろっこしい奴よ』

——ヘタレですみません。

勇気を出して、言わなければ。その前に深呼吸をしよう。吸って、吐いて……。

『そろそろ、用件を述べたいのだが？』

ミケさんを抱いたまま、なるべく頭の位置を低くしてひざまずき、話を聞く姿勢を取る。

それを確認した蘆屋大神は、とある指摘をしてくれた。

『あのあやかし、いまだ息絶えぬ状態だ。とどめを刺せ』

な、なんですと！

激しく煙を出していたので、てっきりこのまま溶けきってくれるものだと思い込んでいた。だが、現実は甘くない。足どめにはなっているが、そのうち動き出すだろうと教えてくださった。加えて、水と塩であやかしが倒せたら、陰陽師は苦労しないというお叱りを受ける。

『呪術は使えるのか？』

　――使えません。

　陰陽師ではないので使えない。ついでに耳も聞こえないし、祝詞も詠めない。大変な役立たずであった。

『耳が聞こえぬのは、あやかしの呪いのようだな』

　倒したら元に戻るらしい。よ、よかった！

　蘆屋大神は、忌々しいとばかりにあやかしを睨んでいる。

『あやつめ、身どもの神域を穢してからに』

　それに関しては、申し訳ないと謝罪をするしかない。ミケさんが戦う以外に、あやかしに対抗できる手段はないのだ。

『諦めるな、鬼の子よ』

　蘆屋大神はにっこりというよりは、にやりと形容したほうがいいような笑みを浮かべている。これには嫌な予感しかしない。

『ほうれ、あそこにいい品があるでないか』

　すいっと錫杖で示したのは、神社の中心部に置きっぱなしにした刀、永久の花つ月。

　――あれ、すっごく重くて持ちあげるのが大変だし、鞘から刀が抜けないんですけど。

『なあに、その娘よりは軽いだろう』

――いや、まあ、ど、どうだろう？

『抜かなくともよい。鞘で打っただけでも、あやかしを消すことができるだろう』

そんなにすごい刀だったとは。神様のお墨付きをもらったからには、実行に移さなければならない。

ひとまずミケさんを手水舎に寝かせる。いってきますと心の中で言うと、蘆屋大神は手にしていた錫杖を軽くあげ、見送るような仕草をしてくれた。

あやかしは、依然として白い煙を漂わせている。早くとどめを刺さなければ。

早足で刀のところまで行って、五十キロはある物体を持ちあげる。記憶に残っていたとおり、ずっしりと重い。念のために柄を引いてみたけれど、やっぱり抜くことはできなかった。仕方がないので、重い足取りであやかしのもとまで戻った。

驚いたことに、あやかしは一回りほど小さくなっていた。一応、塩水はそこそこ効果があったようだ。

刀をよいしょっと言いながら鞘ごと持ちあげたそのとき、あやかしが最後の力を振り絞って襲いかかってくる。

うわ、いまさら!!

開いた口は人を丸のみできるような大きさで、一瞬怯んでしまったが、ここで引いたら確実にやられてしまう。持ちあげていた刀を、全力で振り下ろした。

「!?」

バキンと、弾けるような大きな音が鳴り響いた。確実にあやかしを叩いた感触があったのに、なにが起こったのか後頭部を激しく叩かれた感触があった。本日二度目の激痛。ぐらりと景色が歪み、視界はまっ白に染まっていく。

ああ、失敗してしまった。そう思いながら、意識を手放した。

ひやりと、冷たいものを額にのせられて目を覚ます。

ここはどこ、私は誰？　なんて――。

目を開いて周囲を見回すと、自分の部屋だった。俺をのぞき込んでなぜかミケさんが座っている。

「とむ！」

そうです。私はとむです。……そうじゃなくて。我に返って起きあがろうとしたら、まだ寝ていろとばかりに体を押さえつけられてしまった。

「よかった。本当に、よかった」

ミケさんは涙目でそんなことを言う。

「みんな、無事、だった？」

「はい。あやかしも、消失していました」

「だったら、よかった」

枕元に置いてある時計を見たら、五時半過ぎだった。外は明るい。ということは、朝ではなく十七時半過ぎということになる。

「俺、ずっと寝ていたんだ」

「ええ……」

なんでも、高熱を出して寝込んでいたらしい。枕元に病院の薬が置いてあった。知らない間に医者が来て、いろいろとお世話になっていた模様。

「なんだろう、昨日の夜、なにがあったのか」

「私も、今朝がたこの家で目覚めました」

どうやら俺とミケさんは父に運ばれて帰宅したらしい。ふたり揃って昨晩の記憶があいまいになっていた。

「とむは拝殿の前で刀と共に倒れていたそうです」

「刀って永久の花つ月？」

「はい。すぐ近くに、あやかしが散った跡もあったそうです」

刀で倒したのかと聞かれたが、まったく記憶に残っていない。あやかしの鳴き声で鼓膜を破られて悶絶した辺りが、最後に覚えていることだった。

「意識を失ったまま、ずっと転がっていたわけじゃなかったんだ？」

「そのようですね。私も、あやかしの呪術で倒れていたようで……」

だったら、誰があやかしを倒したのかという話になる。

「刀を振るい、あやかしを滅したのはとむでしょう」

「いやいや、そんなのありえない」

「ありえます。あの刀は、それができるものです」

俺が刀を使ってあやかしを退治した？　信じられない話だ。だが、そうでないと高熱の理由は説明できないとミケさんは言う。刀を振るうには、大量の神力を消費するらしい。

「あれは、人が使うべきものではありません」

「だろうね」

刀を振るったから、今も頭がガンガンしているのか。もう少し休養が必要みたいだ。

「食事はとれそうですか？」

「あ、うん。お腹空いた」

「だったら、なにかつくってもらえるように頼んできますね」

それから二十分後。ミケさんが部屋に食事を運んでくれた。一緒に食べてくれるようで、盆の上には二杯のうどんがのっていた。母があとから飲み物とデザートのメロンを持ってきてくれるという。折り畳み式の机を出してもらって食べることに。

「あ、卵とじうどんだ」

「おいしそうですね」

風邪を引いたときに母がいつもつくってくれる、とろみのあるスープのうどん。卵がふわふわで出汁が甘く、食欲がないときでもつるりと完食してしまう絶品メニューだ。久々に食べるけれどやっぱりおいしい。

「よかったです。食欲があって」

朝方、ミケさんが様子を見にきてくれたときの俺は、顔がまっ青だったらしい。大変な心配をかけていたようだ。それから、無言でうどんを食べつくす。

お茶を飲んでメロンを食べようとしたが、ミケさんは俯いたまま動こうとしない。

「どうかした？」

メロン俺の分も食べる？　と聞いても首を横に振って断られた。メロンを食べるのがもったいなくて、スプーンを入れるのを躊躇っているのではなかったようだ。

なにかミケさんが元気になる話題がないかなと思って、去年、友達と海に行った話をした。そこはここからちょっとだけ離れたビーチで、夏休みは大勢の人で賑わう。海の家もたくさんあって、焼きそばにカレー、うどん、冷やし中華、フランクフルトにアメリカンドッグ、かき氷にソフトクリームと、メニューも豊富だった。太陽の光にじりじりと焼かれながら泳ぎ、そのあと近くにある温泉に入って帰るのがお決まりのコースである。

「ミケさんも夏になったら海に行こう」

「楽しそうですね。でも……神使として未熟な私が、そのように遊びほうけてもいいのかと……」

もしかして、またしても昨日のことを気にしているのか。誰にだって失敗はある。そんなふうに考える必要なんてないのに。

「ミケさん、大丈夫だって」

「え？」

「神社はみんなで協力して守ろう。毎日掃除をして、お祈りをして、感謝の気持ちを伝えて……」

それで、頑張った分だけ遊べばいい。ひとりでなにもかも抱え込むことは、絶対によくない。

「ミケさんはじいさんとふたりでひとつの神使だったんでしょう？」

「ええ、そのように、聞いていましたが、狐鉄は、もう――」

「うん。じいさんは死んでしまった。だから、俺と家族と、みんなでひとつのグループ、集まりってことにできない？」

俺たちの中には、じいさんの教えがしっかりと宿っている。なんだか不思議な力もあるような気がしていた。だから、神社やこの土地を守るのは水主村家みんなの使命なのだ。

「やっぱ、だめ？　俺たち、頼りない？」

「いいえ、いいえ……」

顔を覗き込んでぎょっとする。ミケさんの眦(まなじり)から涙が溢れ、頬を伝っていった。

「ご、ごめんなさい……長い間、ずっと、ひとりだったので……」

どのようにしてほかを頼ればいいのかわからなかったと、震える声でミケさんは言う。

じいさんがいなくなって、彼女の小さな背中に使命という重たいものがすべてのしかかっていたのかもしれない。どう慰めていいのかわからなかった。ミケさんの孤独と、神様より授かりし使命は、「大変だったね」という一言で片付けていいものではないだろう。

静かに落ち着くのを待った。

数分後、声をかけてみる。

「ミケさん、メロンを食べよう」

返事が聞こえたので、スプーンでメロンを掬って食べる。

驚くほど甘くて、おいしいメロンだった。

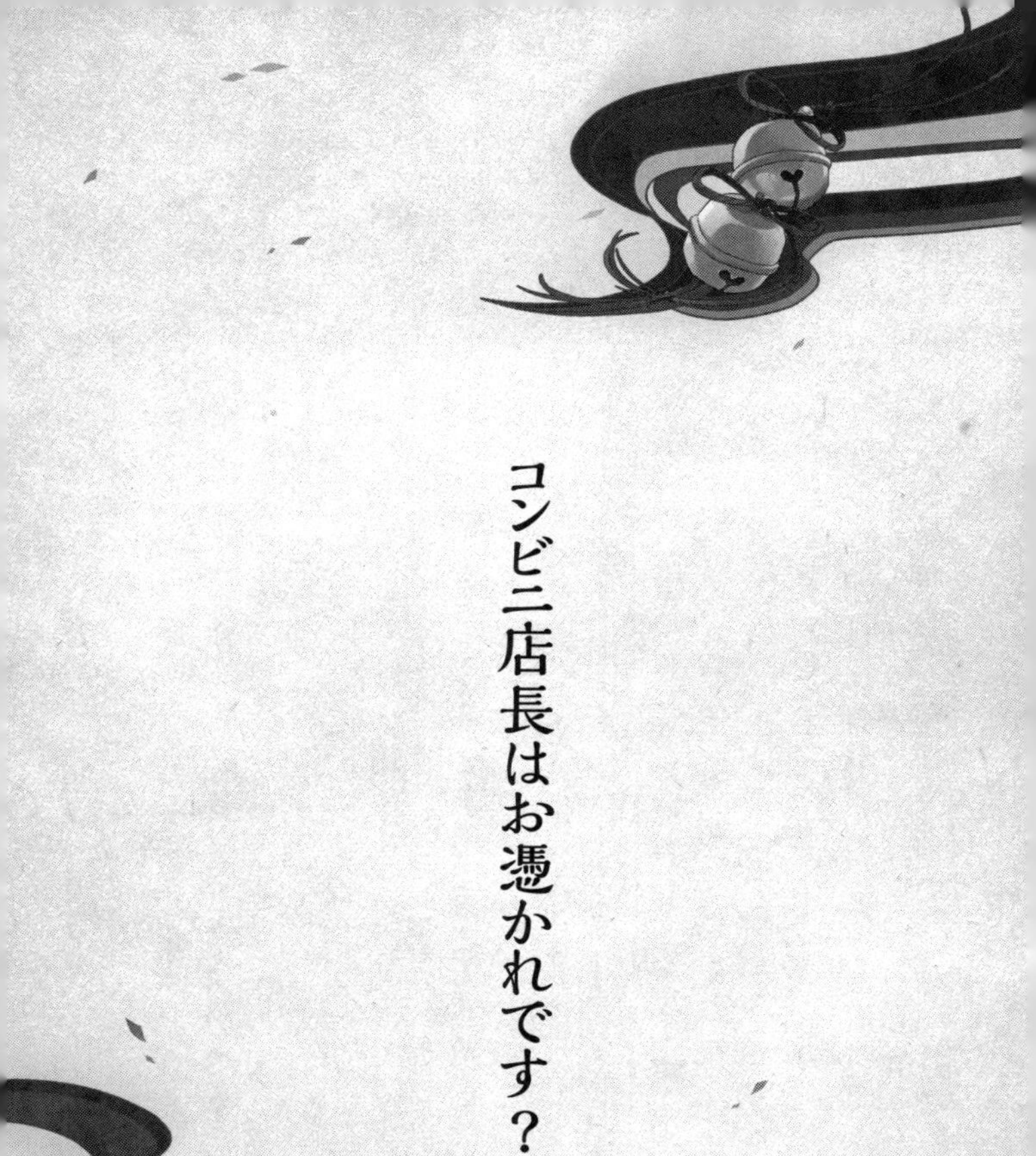

コンビニ店長はお憑かれです？

日曜日。本日は母方のおじいさんの家に行くことになっている。

休日のため七ツ星稲荷神社の参拝客もそこそこ多い。俺とミケさんが抜けたら人手が足りなくなるので、隣町の神社から知り合いの神主さんが助勤に来てくれるとか。

助勤とは、助っ人神職者のことである。わかりやすく言ったら、臨時バイトだ。

忙しいときは、互いに手を貸す。近隣の神職者同士のネットワークがあって助け合っているのだ。

母方のおじいさんの家は山奥にある豪邸だ。ラフな格好で行ったらセレブな部屋の中で居心地が悪くなるので、シャツにジャケットというフォーマルな感じに見えなくもない服を選ぶ。お固くなりすぎないように、ズボンはベージュのチノクロスパンツにした。早々に一階に下りていくと、母より和室に来てほしいと呼ばれる。

なんだろうかと部屋を覗いたら、ミケさんがいた。

「葛葉様、とても似合っているでしょう?」

びっくりした。ミケさんは着物を纏っていたのだ。母が少女時代に着ていたという桜柄の着物。全体的に桃色の淡い色合いで、花びらの色は白。清楚な雰囲気のミケさんによく似合っている。髪の毛も左右を三つ編みにして、桜の花の簪(かんざし)で纏めていた。

なんか、すっごく可愛いし、それこそ神がかり的に似合っている。

「やっぱり和服は落ち着きます」

「そっか。まあ、スカートは開放的だからね」

なんだかスカートのはき心地を知っているような発言をしてしまったが、母とミケさんは聞かなかった振りをしてくれた。

父の手紙とお土産の茶器、母手づくりのお菓子を持って、おじいさんの家に向かう。母が車で送っていこうかと聞いてきたが、このあと習字教室が入っていると知っていたので断った。母は書道の師範でもあるのだ。この時間帯はバスも空いているので問題ない。

「じゃ、出かけますか」

家の近くにあるバス停で、ミケさんとふたりで待つ。母方のおじいさんの家まではバスで三十分ほど。

「とむ、あのバスですか？」

「ん、そうだね」

今日は座れた。というか、自分たち以外に乗客はいない。ふたりがけの座席に座り、窓の外の風景を見ながらあれやこれやと街の中を解説する。

三十分ほどで、おじいさんの家に到着。驚くべきことに、マカリスター邸前というバス停があるのだ。

入り口の門をくぐり抜けると、美しく手入れされた日本庭園の景色が広がる。広大な池には鯉が優雅に泳ぎ、向こう側には東屋があった。大きな松の木は綺麗に切り揃えられている。至るところに配置されている灯籠は、夜になれば火が点され、幻想的な雰囲気になるのだ。

玄関先のチャイムを鳴らしたら、使用人が出てくる。靴を脱いであがり、長い廊下を歩いていると、背後から声をかけられた。

「おい、ツトム!」

振り返れば、長身のイギリス人がこちらに手を振っていた。

「どうしたんだよ。じいちゃんにお小遣いもらいにきたのか?」

「いや、そうじゃないって」

人懐っこい笑顔で近づいてきたのは、従兄(いとこ)のアレックス。母の二番目の兄の子で、東京育ちなのだが、チャラすぎるので将来が心配という理由で長崎の大学に通うことになった残念なお兄さんだ。髪の毛は肩まで伸ばし、耳にはピアスがたくさん付いている。

ブランドものっぽい指輪やチャラいネックレスを着けている。どれも伯父さんに見つかったら怒られそうなものばかり。大丈夫なのだろうかと心配してしまった。

「つーかさ、ツトム、お前なんでいつも俺の呼び出し断るんだよ」

「神社の手伝いで忙しいんだって」

「強制じゃないんだろ?」

アレックスは週末になると、合コンに来いと誘ってくることがある。今年の新年会のときに、彼女の有無を聞かれて「いない」と言ったらメールが届くようになったのだ。非常に余計なお世話である。

チャラい人はどこに行ってもチャラいようで、去年のクリスマスパーティーでも周囲に女性を何人も侍らせていた。毎年ちがう彼女を連れていて、電話帳にはずらりと女の子の名が登録されているらしい。俗に言う、『リア充』という生き物なのだ。

ミケさんを見られたくなくて背中に隠していたが、目敏いアレックスはすぐに気づく。

「うしろにいる着物の子、誰？」

「……おじいさんより先に、紹介できないから」

「いいじゃん。ケチだなあ」

女の子を見つけたら挨拶代わりに口説きまくるアレックスの前だったら、誰だってケチにもなる！

このまま隠し通したかったけれど、アレックスは俺より五センチも背が高いのでひょいっと上から覗き込まれてしまった。そしてミケさんを見た途端、指差して笑われる。

「ははは、ジャパニーズ・コケシ！」

な・ん・だ・っ・て!?

こいつ、ミケさんを見て、こけしって言った。絶対に許さん。ミケさんのどこがこけしなんだ。漆黒の美しい髪に白い肌、清楚で控えめな雰囲気、凛とした佇まい。ミケさんみたいなお嬢さんをジャパニーズ・ビューティーと言うのに。それを、こけしって……。

いや、こけしも可愛いけれど、ミケさんとは系統がまったく違う。見当違いのカテゴリーに当てはめるのは許さん。

アレックスは親切のつもりなのか、ミケさんに早口でアドバイスをしはじめた。

「君、ちょっと野暮ったいからさ、髪の毛茶色にして、アイプチして、瞳が大きくなるコンタクト入れてさ、化粧をしたら美人になると思うよ。いい美容院を紹介しよっか？」

「アレックス、ちょっとごめん、急ぐから！」

立ち話、終わり。ミケさんの手を引き、おじいさんの部屋までサクサクと歩いていくことにした。歩きながらミケさんに謝罪をする。

「ミケさん、いきなりアレックスが絡んできてごめん」

「言っていることの半分もわからなかったので、かまいませんが。……あのお方は？」

アレックス・マカリスター、二十歳、大学二年生。東京にいた頃は読者モデルをしていたらしい。とにかくチャラい。

「とむとは、似ていないですね」

「それはよかった」

そうこう話をしているうちに、おじいさんの部屋の前まで辿り着く。外から声をかけると、入るように言われた。

「こんにちは、お久しぶりです、おじいさん」

「ツトムさん、ひさびさですネ」

おじいさんは髪の毛をきっちりと撫でつけ、理想的な英国紳士といった風貌だ。それなのに、普段着として纏っているのは着物で、口調も独特なイントネーションだが、流暢な日本語だ。

おじいさんが洋装している姿を見たことがない。誰よりも日本の古きよき文化を大切にしている人なのだ。

「彼女が父の言っていた葛葉三狐さんです」

ミケさんのことは父が先に話している。一応、神使だということも信じてくれたとか。

「初めまして、アシュリー・マカリスターと、申します」

おじいさんは、神道の中でいちばん深いお辞儀をミケさんにしていた。

「クズハ様がここで過ごしやすいように、お手伝いをさせていただきました」

「ありがとうございます」

「ささ、立ちっぱなしもなんなので、どうぞそちらへ」

おじいさんに座布団と大きなどら焼きを勧められた。腰を下ろす前に、父の手紙と蔵で見つけた茶器、母のお菓子を渡した。中身を伝えたら、嬉しそうな笑顔を見せてくれる。

おじいさんは座る前に、そわそわした態度を見せていた。もしかして、ハグをしたいのだろうか。日本人らしく振る舞いたいのに、たまにイギリスに住んでいたときの癖が出るのだと母がよく言っていた。

「おじいさん」

ぱっと手を広げるとおじいさんは俺の体を抱きしめ、頬にキスをしてくれる。

ミケさんには握手だけで我慢をしていた。

一連の行動を終えてすっきりしたようで、座布団の上に座ってニコニコと微笑んでいる。

可愛らしいおじいさんコンテストがあったら優勝だなと思った。

おじいさんの言うお手伝いとは、ミケさんがこの街で暮らしやすいように手続きをしてくれたことだった。

どこどこ出身でとか、マカリスター家の遠縁の誰の何番目の子どもで、みたいな『設定』も決めてくれたらしい。これで、親戚の誰に会っても、氏子さんにいろいろ質問をされてもすらすら答えることができる。

「おじいさん、ありがとうございました」

「いえいえ、神使様のお役に立てるなんて嬉しいです」

しかし、よく信じたなあ。父の言うことを疑わなかったのかと聞いてみる。

「ワタシもびっくりでした。でも、テレビ電話で、ツバサの耳を見て」

「ああ、父の……」

おじいさんと父は、相手の顔を見ながら話せるテレビ電話で会話をしたらしい。

そこで、ピコピコと動く狐の耳を見てしまったとか。

「本当に、大変驚愕しまシタ。ファンタスティック！　……あ、イエ、荒唐無稽です」

おじいさんは興奮すると英語が出てしまう。以前、妹が神楽を舞ったときは、滑らかな英語で感想を述べていた。俺はちょっぴり英語は苦手なので、半分くらいなにを言っているのか不明だったということがあった。

「エット、話がズレました。――クズハ様、なにか困ったことがあれば、なんでも言ってくださいね」

「はい。お心遣いに感謝を」

こうして、おじいさんにミケさんを紹介する任務は終了となった。

その後、おじいさんの運転手に神社まで送ってもらう。

昼前に神社へと着き、そのまま手伝いをすることになった。白衣と袴姿に着替え、ミケさんと別れてひとり境内を掃いていると、よく見知ったうしろ姿を発見した。

「あ、西川先生！」

「ああ、水主村（かこむら）か」

「どうしたんですか？」

「お礼参りに来たに決まっているだろう」

俺に相談した日の夕方、西川はうちの神社にお参りに来たらしい。お守りと厄除けのお札を買って帰ったとか。そうしたら、その日の晩から悩んでいたラップ音などもぴたりと鳴りやみ、神様の力を実感したと興奮気味に話してくれた。

「ああ、そうだ。神様にお礼を持ってきたんだが」

西川は酒を用意しており、きちんと奉献と書かれた熨斗も巻いてある。どこに持っていけばいいのかと聞いてきたので、社務所の受付を教えた。

「そ、そういえば、あそこで掃除をしている人……」

「瀬上さん？」

指先で示すほうには、瀬上さんがいた。

「水主村の神社で働いている人なんだな」

「ええ、まあ。っていうか、なんで知っているのですか？」

「たまにアパートで、見かけるんだ」

「そっすか」

いつもきっちりとしたスーツで出勤する姿を見かけるので、企業の秘書さんかなにかだと思っていたらしい。

「瀬上さんっていうんだな、下の名前は……」

「個人情報なので」

「お、お前！」

今日はこれから昼食の準備を始めなければならないので、西川と別れることになった。

今の時期は近くの公園で花見をする人たちが帰りがけに参拝するので、神社の中は賑わっている。そういうわけもあって、助勤の神主や巫女総出で頑張っていた。

今日みたいに人数の多い日は、社務所で食事が振る舞われる。メニューは鴨肉を使ったカレーライス。材料は神様にお供えした食材のお下がりを使う。すでに氏子の奥様方が来てくれていて、カレー鍋をかき混ぜていた。

「お疲れさまです」

「あら、勉くんも来ていたの？」

「おいしいカレーが食べられると聞いて」

「まあ、嬉しい」

奥様方はボランティアでこういうことをしてくれるのだ。ありがたすぎて涙が出る。七ツ星稲荷神社は地域の協力のおかげで成り立っているのだ。

本日働いているのは父、それから助勤の神主の河野（こうの）さん、巫女の瀬上さんに野中さん、氏子さんの奥様が三名、ミケさんと俺、以上。手伝いを申し出ると、ご飯の盛り付けを命じられた。

一升炊きのジャーの中はサフランライスで、黄色が鮮やかに出ていた。まず、巫女さんふたりと神主の河野さんの食事の時間となる。

河野さんは痩せの大食いなので、ご飯は多めにしておいた。奥様方の分もよそっておく。

社務所内にある休憩所にカレーが運ばれている間、みんなを呼びにいった。

おじいさんの家でどら焼きをいただいてきたというのに、お腹は空腹を訴えていた。俺がカレーを食べられるのは一時間後。我慢我慢。

授与所の持ち場に戻ると今日はお守りが飛ぶように売れる。景気がいいなあと思いながら、在庫を補充した。ミケさんは父とお祓いをしている。今日は五件の申し込みが入っているとか。当日申し込みもあったと瀬上さんが言っていたので、大忙しだろう。

一時間後、待望の休憩時間となった。授与所は野中さんと交代して、父とミケさんを呼びに行く。カレーを前にしたミケさんは、不思議そうな顔で眺めていた。

「とむ、これはなんでしょう?」

「カレー。数種類の香辛料を混ぜてつくった、刺激の強い食べ物?」

「かれー、ですか」

ちなみに、奥様方がつくってくれたのは、中辛のカレー。そこまで辛くないと思われる。

うちの食卓にあがるのは一年に一回あるかないかなので、とても嬉しい。

最近の我が家のご飯はすべて和食だった。ミケさんのために母がメニューを選んでつくっていたのかもしれない。

初めてのカレーはお口に合うのか。一拝一拍手をして、和歌を詠む。神饌をいただく際に行う特別な「いただきます」だ。

「たなつもの――」

まずは父が詠んだあと、俺が和歌を続ける。

「たなつもの　百(もも)の木草(きぐさ)も　天照(あまてら)す　日の大神の　めぐみえてこそ」

これはすべての食材や穀物を始めとする自然の恵みは天照大神(あまてらすおおみかみ)のご加護のおかげですという感謝の言葉。それから、いただきますと言って食事を開始する。

ミケさんはスプーンの先にちょこっとだけカレーを掬い、口に含む。目を見開くミケさん。もしも口に合わなかったら、近くのコンビニにパンでも買いにいけばいい。

「どう?」

「辛くて、不思議な味です」

今度はご飯と一緒に。無表情でもぐもぐ食べるミケさん。大丈夫、かな?

食べている様子を見届けてから、父と俺も食べはじめた。カレーの材料の米や野菜、鴨肉などは神前にお供えしていたもので、それをいただく行為を『直会(なおらい)』や『神人共食(しんじんきょうしょく)』と言う。神と人が同じ食材を味わうことによって縁を深め、守護の力を強めるものらしい。

食後も一拝一拍手をして和歌を詠む。

「朝よひに――」

先ほどと同じように、まずは父が詠む。そこに、俺が言葉を続けた。

「朝よひに　物くふごとに　とようけの　かみのめぐみを　おもへよのひと」

これは食事をするたびに、神様に感謝をしようというお言葉。

和歌の中の「とようけ」というのは豊受大神のことで、穀物を司る神様だ。こちらの神様は宇迦之御魂神（うかのみたまのかみ）と役割が似ているので、同一視されることもあった。なので、なんとなく親近感が湧いてしまう。ごちそうさまと言って、食事を終えた。

「ミケさん、カレー、どうだった？」

「最初は奇妙な味だと思っていましたが、食べているうちに癖になるというか……その、おいしかったです」

「だったらよかった」

氏子特製の鴨カレーは大変おいしい。ミケさんにもわかってもらえて嬉しかった。

社務所に置いている鞄の中からスマホを取り出す。三件、友達のグループメールのメッセージが入っていた。受信時間は一分前。

一件目は『七ツ星稲荷神社前なう』、二件目は『トムいる？』、三件目は『神社のお参りの作法を教えてくれ』というものだった。どうやら同じクラスの友達三人が、うちの神社の前に来ているらしい。休憩時間は十五分ほど残っている。父に了承を得て、友達のところに向かうことにした。階段を下りていくと、大鳥居の前に三人の男子の姿が。

「お待たせ」

「おう」

今日はカラオケに行っていたらしい。朝、お誘いのメールが来ていたが、午前中はおじいさんの家に行って、午後からは神社の仕事だと断っていたのだ。

「すげえ、トム、神主に見える」

「格好だけね」

「まっ白だな、その服」

「見習いだから」

神主は階位ごとに袴の色が変わる。出仕と呼ばれる見習い神主は、白衣に白い袴をはくようになっているのだ。

「それで、神社の参拝方法を習いたいって」

「頼む」

稲荷神社なので、きちんとしないと祟りが怖いのだと言われる。

「だから、祟らないって」

「でも、適当なお参りをしたらお稲荷様が怒るだろうが」

まあ、絶対に怒らないとは言えないけれど。正しい参拝方法を知っておくのはいいことだ。せっかくなので、しっかり指導させていただこう。

「まず、大鳥居の前で一礼」

「え、こっから始まるのかよ！」

「危ねえ、神社の中で待ってなくてよかった」

「あ、待て。ガムもだめ。神社の中は飲食禁止」

「へえ！」

境内での飲食は禁止になっている。神社の中は神域だからだ。

「鳥居をくぐるときは端を歩く。真ん中は神様が通るから」

説明をしながら、鳥居の連なる階段を上っていく。

「まず、鳥居がいっぱいあるのが怖えよ」

「これ、近所の商店から奉納されたものだから怖くないって」

「そうなんだ」

鳥居をうしろから見たら、『奉納〇〇商店』みたいに屋号が書いてある。

「あ、マジだ」

「野球部の山田の店もあるじゃん」

「おっ饅頭屋なんだ。帰り冷やかしていこうぜ」

階段をあがって参道を歩く。すると、最初に右手にあるのが手水舎。手と口を清める。

「右手で柄杓を取って、左手を清める。次は右手。左手に水を注いで口を濯ぐ。最後に柄を洗って終わり。水の注ぎ足しは禁止だから。最初に掬った水で一連のお清めを終わらせること」

「待って待って！」

「説明早い！」

「やること多すぎだろう！」

仕方がないので、一緒にやりながら教えてあげた。次に拝殿の前で神様にお参りをする。

「お祈りは自分の願いだけじゃなくて、神様への挨拶やお礼も忘れずに」

参拝は神様との縁結びと言ってもいい。挨拶をして、礼を尽くし、それから願いごとをする。

まず、場を浄化させるために拝殿の鈴を鳴らす。ガラガラ勢いよく何度も鳴らす必要はない。一回、カランだけで十分だ。それから、お賽銭を入れる。

「あ、五円玉、持ってない」

「あ、俺も」

「十円はだめなんだろう？」

五円──御縁があるとか、十円──遠縁みたいな当て字があるから、賽銭の金額は決まっているのかと聞かれる。けれど、賽銭は神様に感謝をして納めるものだ。だから、金額はあまり関係ないような気がする。

　まあ、この辺は地方によってもいろいろ解釈があるようだけれど。

「賽銭箱にお金を入れるときはそっと入れて」

「今まで投げつけてたわ」

「俺も」

「正月とかは人多すぎて無理だろ」

「まあ、そうだけどさ」

　おのおの自分のお財布と相談して、お賽銭の額が決定したようだ。

「鈴を鳴らして、賽銭を入れたあとは、拝殿の前では二礼二拍一礼」

　神前でのお辞儀は九十度。きっちりと綺麗に頭を下げる。みんな、二拍手を打つと熱心にお祈りをして頭を下げていた。

「では、最後にあちらの社務所でお守りとかお札をお求めください」

「よっしゃ、巫女さん！」

「行こうぜ」

「これのために来たんだよ」

　みんな喜んで社務所に行ったのに、窓口にいたのは父だった。野中さんは玄関掃除に向かったらしい。男三人衆は明らかにテンションが低くなりながら、おみくじを引いて帰っていった。

夕方、楼門を閉めて本日の参拝は終了。残ったカレーとサフランライスは、ひとり暮らしをしている河野さんが持ち帰ることになった。

いろいろと後始末をして、最後に掃除をしたら本日の仕事は完了となる。

帰りがけに父とミケさんと三人で、とある場所まで向かう。車のトランクにあるのは名物、永久の花つ月。

辿り着いたのは松原本町の海岸沿いにある包丁や鎌を製作・販売する刃物工芸店。父が話を聞こうと連絡をしていたらしい。

木箱に入った刀を父とふたりがかりで店まで運ぶためにトランクに回り込む。

ミケさんが持とうかと聞いてきたが、女の子に持たせるわけにはいかなかった。そう言うと、「とむ、女の子って……」と困った顔でそんなことを呟いていた。

だが、ミケさんが荷物を持ち、そのあとを俺と父が悠々と歩くという図はなんだかおかしい。そのため、いいからと言って運ばせていただいた。

相変わらず、刀は驚くほど重い。それはさておき、ここで謎が解決すればいいな。

古代の刀に関する相談ということで、店主が対応してくれた。店の七代目という店主は父と同じくらいの年齢のおじさんだった。

ここはインターネットの情報にあったとおり、五百年の歴史がある刃物工房なのだとか。

元々平氏（へいし）に仕える刀工だったけれど、源氏（げんじ）から逃れ、肥前国（ひぜん）といわれたこの地に辿り着いたようだ。古くは神社の神域で刀を鍛えていたらしい。

その繋がりで、七ツ星稲荷神社に刀が奉納されたのだろうか。刀工がもっとも輝いていた戦国時代が幕を下ろし、以降、さまざまな歴史が刻まれていった。

そんな中で日本刀が廃れた大きな原因は、明治時代に施行された廃刀令だ。

刀工たちは薄物——刀剣づくりから、荒物——農具をつくるようになる。

刀剣づくりの技術は国から文化財として保存するように言われていたらしいが、刀をつくる職人は減少していった。この地の刀工も、廃業の道を辿る者が多かったという。

「こちらが、名物、永久の花つ月です」

父が箱を開いて見せた。店主は真剣な眼差しを向けている。

「左矢川八之丞作、でしたっけ」

「はい」

事前にわざわざ調べてくれたらしいけれど、残念ながらこの辺りの工房で永久の花つ月を鍛えたことを記す文献などは見つからなかったとのこと。刀工の名も発見には至らなかった。父は申し訳なさそうに頭を下げる。

「お手数をおかけしました」

「いえいえ、蔵の古い文献を見るのは久々だったので、勉強になりましたよ」

刃を見たら、どこのものかわかるかもしれないと言っていた。が、この刀には最大の問題があった。

「その、抜けないんですよねえ、この刀」

「へえ、それはまた」

触ってもいいかと聞かれ、どうぞと手で示す父。先に、重量がかなりあることを伝えた。

「ふたりがかりじゃないと持てない？　そんな馬鹿な――」

手袋を嵌めて鞘を摑んだ店主は、驚きの表情で父を見る。

「な、なんですか、この刀は？」

「私たちもよく把握していなくて」

普通の日本刀は一キロから一・五キロくらいだと言う。

「重くても二キロあるかないかですよ」

重さだけでも普通の刀とは一線を画す品のようだ。それが抜けないとなれば、さらに首を傾げることになる。

とりあえず父とふたりで鞘を持ちあげて、店主に抜いてもらうことにした。

「刀が抜けなくなるときの原因は主にふたつ。鞘の材料になった木が乾燥で収縮している場合があります」

これの解決法は梅雨の時期を待つしかないとか。もうひとつの原因は、鞘の口が固く締まっていること。

「もしかしたら、原因はこちらかもしれないですね。非常に重たい刀なので」

そう言いながら店主は柄を握り、引いてみた。案の定、刀はびくともしない。

「無理に引いたら怪我をするので、やめましょう」

鍛冶職人にも刀を見てもらったものの、ますます謎が深まって終わった。

お店で菜切り包丁を一本購入する。父は母にお使いを頼まれていたようだ。

一本一本手打ちの伝統工芸品なので、そこそこいい値段だが、鉄と鋼を何層にも重ねて鍛えあげ、何代にもわたって使えるような品らしい。

店主にお礼を言って帰宅することとなった。帰りの車の中で、父がぽつりと呟く。

「やはり、有馬大神に縁のある品なのかもしれないなあ」

有馬大神は戦国時代の武将の英魂だと言う。家内安全のご神徳があると聞いていたので、びっくりした。

「水主村殿、今から神にお話を伺ってみますか？」

「今から、ですか？」

「はい」

前回のように力を貸してほしいと言うわけではないので、そこまで気を遣う必要もないだろうとミケさんは言う。

「荒魂である蘆屋大神とはちがい、和魂である有馬大神は話が通じる神です」

「でしたら、神饌の用意をして、食事をした後に体を清め、神社に向かいますか」

そういえば、今は何時なのか。スマホの画面を見てみれば、二十時過ぎだった。

帰りがけにスーパーに寄って、神様にお供えをするお酒、野菜に果物、魚介に餅などを買った。

夕食は揚げ出し豆腐に刺身、肉じゃが、つくしの佃煮にご飯と味噌汁。

ジャガイモは皮ごと切ったものが入っていた。春の新ジャガなので皮が薄く滑らかでホクホクしていておいしい。つくしは母が近所の子どもと一緒に摘んだものだとか。なんというか、ほろ苦いもやしって感じで、大人の味だと思った。ミケさんはおいしいと絶賛していた。

父は今から神前に出るということで、緊張のあまり食が進んでいない様子だった。風呂に入り、今日は最初から正装を纏う。

ミケさんは額に桜の花を模してつくった挿頭（かざし）を付け、千早を纏っている。俺は変わらず、いつもの白衣に白袴だ。

「今日は私が御神楽を奉納します」

ミケさんはやる気に満ち溢れていた。今回は父も演奏に参加することに。釣太鼓を持って神社に行く。

まずは末社の前で祭壇づくりから。夜目が利く俺とミケさんは暗闇の中テキパキと動いていたが、懐中電灯を片手に持つ父は右往左往しながらの作業となる。

祭壇の中心に刀かけを置いて、永久の花つ月を設置した。

時刻は二十二時前。丑三つ時前には帰りたい。が、そんなことよりも、今からの儀式に集中しなければ。父は真顔で太鼓のバチを握り締めていた。

太鼓のドン！　という音を合図に演奏が始まる。ミケさんは採り物として左手に檜扇を持ち、右手に鈴の付いた棒——神楽鈴（かぐらすず）を持っていた。

舞が始まった。

普段はきびきびとした動きをするミケさんであるが、神楽は柔らかく舞う。くるりと円を描くように歩き、場を清めるためにシャンと鈴を鳴らす。檜扇は宙を舞う蝶のような優美な動きを見せていた。彼女の神楽はとても綺麗だった。俗世間からかけ離れた美しさとは、こういうことを言うのだろう。

突然、ふわりと頬を撫でる柔らかな風が吹きはじめた。これが、有馬大神の神風だろうか。蘆屋大神の力強い風とはまったくちがう、穏やかなものであった。

流麗な舞も終盤に差しかかる。最後にミケさんは平伏の姿勢を取った。演奏をやめ、父と俺もそれに続いた。辺りがポカポカと暖かくなり、淡い光に包まれた。

『面をあげよ』

重みのある、低くて太い声が頭の中に響いた。父が姿勢を正したのを横目で見て、同じように背筋をピンと伸ばして座る。

柔らかな光の中にいたのは、戦国時代の甲冑に身を包んだ人の姿。あの鎧は当世具足（とうせいぐそく）という名だと、日本史の時間に習ったような気がする。鎧の上から纏っているのは陣羽織。胸には五瓜（ごか）の家紋が描かれていた。あれは、うちの市を領していた藩主大村純忠公の家紋に似ているような？　もしや、有馬大神はここに縁のある神様なのだろうか。

ミケさんは座ったまま頭を垂れながら、丁寧にこれまでの経緯を語っていた。有馬大神は、親身な態度で話を聞いてくれている。さすが、この地を守る神様。

声色は厳しそうな感じだが、腕を組んでうんうんと話を聞いてくれる姿はよき父親みたいだと思った。

「――それで、対あやかし戦を行うためにこちらの刀をお借りしたのですが」

これは有馬大神の持ち物かと、ミケさんは質問をした。反応がないので、俺もちらりと神様の顔を拝見してしまう。

年頃は父と同じくらいか。声と同じく厳しそうな印象があった。今はミケさんが両手で持って掲げる刀を注視していた。

もしかしたら有馬大神にしか使えない神刀とか、封印の力が込められているとか、そんな情報を期待していた。けれど、有馬大神の口から出た言葉は、みんなを落胆させるものだった。

『さような刀、初めて見たぞ』

生前、いろんな刀を愛用してきたらしいけれど、白い鞘に白い柄の刀は覚えがないと言う。ショックを受けるだけの俺とはちがい、ミケさんは有馬大神にさらなる質問を重ねていた。

「ならば、こちらの刀が抜けないのですが、なにか理由がわかりますでしょうか？」

『刀が鞘から抜けぬだと？』

「はい」

粗悪品を掴まされたのではないかと、有馬大神は言う。刀工のすべてが腕のいい職人だったわけではなかったらしい。各地で戦が起きていた当時は、刀の需要が高まった時代でもある。短い納期を言い渡され、無理なスケジュールの中で鍛えられた刀には、どこかに欠陥があるものも珍しくなかったという。当時、抜けない刀というものはいくつも存在したとのこと。

「手にすればわかりますが、永久の花つ月は特別な力に満ち溢れた刀です」

『なるほどな。されば、それがしが、この手にて抜いてみせよう』

今まで神力不足で抜けなかったとすれば、有馬大神ほどの力がある神様なら抜けるかもしれない。自然と期待が高まる。

『だが、このままでは刀を手に取れん』

現在、有馬大神に実体はない。この世界のものに触れることは不可能な状態になっている。いったい、どうやって刀を抜くのだろうか。

ミケさんは、父と俺を振り返って言った。

「すみません。ふたりのどちらかに、有馬大神の依り代になっていただきたいのですが」

依り代、ということは、神様に体を貸す、ということだろうか。

ミケさんは神憑りの儀式を行うと言う。それは神が人の体に乗り移るもので、神託などを受けるときにする儀式のひとつらしい。

「では、わたくしが依り代を務めさせていただきます」

依り代に名乗り出たのは父。神を降ろす目標が分散しないように、ほかの者は莫蓙の上から退くように言われた。俺は莫蓙から下り、姿勢を低くして顔だけあげ、儀式を見届ける。

ミケさんが鈴を鳴らしながら、儀式を執り行った。先ほど吹いていたような穏やかな風が漂い、辺りは暖かな光に包まれる。ミケさんは神楽鈴を振りあげ、父の胸を軽く打った。その刹那、座っていた父は糸の切れた人形のように地面に倒れ込む。

それと同時に、有馬大神の姿が消えた。

ミケさんは父の背中を摩ったあと、強く叩いた。すると、父の体がピクリと身じろぐ。

それからいきなりガバリと起きあがると、キョロキョロと辺りを見回し、手を閉じたり開いたりを繰り返していた。

「有馬大神様、いかがでしょうか」

「過不足ない」

「ありがとうございます」

立ちあがったのは父ではなく、父の体を依り代とした有馬大神。声は同じだが、たしかに、話し方や雰囲気がちがうような気がした。

「なんぞ、これは？」

有馬大神は頭に手をやると父の狐耳を両手で触り出した。にぎにぎ、にぎにぎと、獣の耳を確かめるように触れている。なんていうか、中年オヤジが自らのケモミミをモフモフする様子は、いろいろと見ていて辛い。そっと、視線を逸らしてしまった。

「この男は、神の使いの血を受け継いでおるのか？」

「……ええ、そのようです」

「摩訶不思議な縁（えにし）が、あるものだ」

有馬大神は神力を操れていないのだなと呟き、パンと柏手（かしわで）を打った。

すると、父の頭部から狐の耳が消えていった。神力の流れを正しいものに戻してくれたらしい。

や、やった――!!

父に狐の耳が生えて二週間。気の毒な見た目に慣れないままだったが、ようやくサヨナラをすることになった。

有馬大神様、本当にありがとうございます！

感謝を込めて、深々と頭を下げた。

そして、本題に移る。父改め、有馬大神は祭壇の上に置いてあった永久の花つ月の鞘を摑む。男ふたりがかりで持ちあげなくてはならないはずの刀は、あっさりと持ちあがった。

左手で鞘を持ち、親指で鯉口を切った――が。

「むう……抜けん」

神様の力を以てしても、刀は抜けなかった。有馬大神は今までいろいろな刀を持ち、抜いてきたと言っていたが、永久の花つ月のような不思議な手ごたえは初めてだと言う。

「これは、いったいなんなのでしょうか？」

「わからん」

ミケさんは思いのほか、落ち込んでいる様子だった。「もしや、霊験あらたかな品であるというのは、気のせいであったのでしょうか」とまで言っている。

「否。これは特別な品にて、相違ないだろう」

「ほ、本当ですか？」

まちがいないと有馬大神は頷く。ミケさんは永久の花つ月を受け取り、胸の前でぎゅっと抱きしめていた。その様子を見て、ふっと微笑み、声をかける。

「――それがしの血族に由来する刀があれば、力を貸すぞ」

その言葉を最後に、有馬大神――父はその場に倒れた。今まで吹いていた緩やかな風はやみ、辺りはまっ暗闇の静かな世界となる。

父に駆け寄って体を揺すると、すぐに目を覚ました。神憑りの間の記憶はまったく残っていないらしい。狐の耳が消えたと教えたら、ずいぶんと喜んだ様子を見せていた。

時刻は二十三時五十分。ずいぶんと長い時間、この場で儀式を行っていたようだ。後始末を行って家に帰る。

母は寝ないで待っていたようだ。狐の耳がなくなった父を見て、愕然(がくぜん)としている。「可愛かったのに……」という言葉は聞かなかったことにした。

お茶を淹れようとする母を断ると、両親はミケさんと俺におやすみなさいと言って、二階にあがっていった。帰宅後の父は思いのほか元気であったが、神降ろしを行ったミケさんは居間でぐったりとしている。

「ミケさん、大丈夫？」

「はい、平気です」

神力を回復させるために祝詞を詠もうかと聞いてみたが、首を横に振る。

「神力は、問題ありません。ですが――」

　深刻な顔をするミケさん。もしかして、なにか言いにくい問題でも起きたのだろうか。

　俺に言えないのなら、父か母か妹を呼んで来ようかと聞いたけど、大丈夫だと言って断られた。

「いえ、そんなに大事でもないので」

「でも、なんか心配だし」

　困ったことがあれば、なんでも言ってほしい。ミケさんは躊躇うような様子を見せていたが、教えてほしいと頼み込むと、ポツリと呟くようにして言ってくれた。

「……なんです」

「え？」

　ミケさんは頬を染め、俯きながらぼそぼそとなにかを言っていた。

　なんだって？　と聞き返したら「お腹が空いただけなんです」と恥ずかしそうに言ったのだ。そんなことだったのか。俺にも解決できそうな問題で、ホッとする。

「たしかに、小腹が空いたかも」

　夕食から数時間が経っていた。そのあとひと仕事したので、腹が減るのも当たり前だ。

「ミケさん、今から夜食の時間にしよう」

「い、いいのでしょうか？」

「いい。家にあるものはなんでも食べていいって、母さんがいつも言ってるから」

神饌用の食品が家に置いてある場合もあるが、それは小さな冷蔵庫に入っているのでまちがえようがない。さっそく、なにかを食べることにした。

まずは炊飯ジャーを開ける。水に浸かった米が入っていた。よくよくジャーを見たら、予約中という表示がある。明日の五時に炊ける設定になっていた。米があればおにぎりでも握ろうかと思ったが、予定が頓挫する。

鍋の蓋を開けたら、煮物が入っていた。多分、お弁当用だろう。そっと蓋を元に戻す。おいしそうだったが量が少ないし、ご飯がないので惣菜はだめだ。

うろうろと彷徨うように台所を探り、棚を開いたらいいものが出てくる。

「お、ホットケーキミックス！」

たまに妹が朝食用に焼いているものだ。つくったことはないけれど、方法はパッケージの裏に書いてあるので、挑戦してみることにした。その前に、ミケさんにも聞いてみる。

「ミケさん、甘い物でいい？」

「はい。ありがとうございます」

了承を得たので、さっそく調理に取りかかる。ホットケーキの袋をミケさんが覗き込む。

「とむ、これはどういう甘味なのでしょうか？」

「焼き菓子……うーん、ケーキって言ってもわからないよなあ」

表面はカリッと、中はふっくら。甘さ控えめで、三枚くらいぺろっと食べられてしまうけれど、どういうふうに表現すればわかりやすいのか、考え込んでしまう。

うまく説明できそうにないので、完成を楽しみにしてもらおう。

ミケさんも手伝うというのでふたりで協力してつくることに。まず袋の裏の説明を読む。

「材料は卵、牛乳……」

ミケさんが冷蔵庫から材料を出してくれた。ボウルは発見できたけど、菓子づくりに使う混ぜる調理道具が見つからなかったので、箸でいいかと諦めた。

「じゃ、つくりますか」

先にボウルの中に卵と牛乳を入れてかき混ぜる。そのあと、ホットケーキの素を入れて、さらに混ぜる。粉がだまになって浮いているが、これでいいらしい。

あとは焼くだけ。驚くほど簡単だ。

フライパンを棚から取り出し、火にかける。油を引かなくてはと思ったが、オリーブオイルしかない。ごま油はちがう気がするし、まあ、これでいいかと、フライパンにオリーブオイルを垂らす。

フライパンが温まったら生地をおたまで流し入れる。ジュウと音が鳴り、ふわりと甘い香りが漂ってくる。入れた生地の量が多くて、フライパンいっぱいに広がってしまった。

これは、裏返すのが大変そうだ。フライ返し二本でやるとか？

「あ、フライ返し出さなきゃ」

綺麗に整理されている台所は魔境だ。探しても探しても目的の道具は出てこない。

「とむ！」

「なに？」

「焦げた匂いがします！」

「なんだって!?」

結果。一枚目のホットケーキの片面を焦がしてしまった。

「やばい。フライ返しもないし、二枚目もうまくいく気がしない」

「とても難しいお料理なのですね」

「……うん」

こうなれば、最終手段を使うしかない。妹、紘子に助けてくれとメールを送った。返事はすぐにきて、一階まで下りてきてくれた。

「兄さん、なにをしているの？」

「ホットケーキづくり」

フライパンにくっついた焦げた物体を見て、紘子は大きなため息を吐いていた。焼くのをお願いしたら、あっさり了承してくれる。

妹は引き出しの中からフライ返しを取り出す。それから、見事な手つきで焼いてくれた。

パッケージのように分厚くはならなかったけれど、焼き色は見事なキツネ色だ。

「仕上げにバターをのっけて蜂蜜を」

　蜂蜜はなかったので、メープルシロップをかけることにした。

「あ、そうだ。アイスのせよう」

たしか冷蔵庫にバニラアイスのファミリーパックがあったはず。焼きたてのホットケーキを二枚重ね、上にスプーンで掬ったアイスをのせたあと、その上からメープルシロップをかけた。

「はい、ミケさん」

「こ、これが、ほっとけーき、ですか」

「そう。ホットケーキのアイスクリーム添え」

　紘子にもどれくらいアイスを食べるか聞く。

「私は、いい。だって、もう深夜だし……明日食べる」

「なんで？」

「太るから」

「気にすんなよ」

　全然太ってないし、むしろ痩せているほうなので、肉を付けたほうがいい。

「食べ物はできたてホヤホヤでいただくのが正義だと思う」

そう言って勝手にアイスを盛りつける。メープルシロップをかけようとしたら、待ったがかかった。

「私は、ジャムがいい」

「そっち派か」

冷蔵庫の中から苺ジャムを取り出し、紘子に渡した。

居間の食卓にホットケーキを運び、ホットレモンと共にいただくことにする。ミケさんは慣れないナイフとフォークに苦労しながらも、幸せそうな顔で食べていた。

「ミケさん、おいしい?」

「はい、とっても」

お気に召したようでなによりだ。妹は深夜に食べる甘い物は禁断の味だと言っていた。


こうして大忙しの日曜日を経て、月曜日となった。神社の手伝いをして、修二と一緒に学校に行く。ミケさんは今日も鳥居の前まで見送りに来てくれた。

「とむ、いってらっしゃい。早く帰ってきてくださいね」

「わかった。いってきます」

自転車を漕ぎ、坂道を下っていたら、前を走っていた修二が話しかけてくる。

「お前ら、付き合っていないとか嘘だろ!」

「はあ？　なに言ってんだ！」

「絶対付き合っている！」

「付き合ってないってば！」

「むしろ新婚夫婦だろう？」

「どうしてそういうことを思いつくんだよ」

　そんなことを言い合いながら、通学路を自転車で走っていった。

　教室に入ると、飯田が嬉しそうな顔でやって来る。どうやら目的のコンビニでアルバイト採用され、一日目の勤務を無事に終わらせたようだった。

「いやー、マジ忙しくって」

「そうだったんだ」

　バイト先は駅前のコンビニで、客も多い。そのため、同じ時間帯の女の子ともなかなか話せずにいるようだ。

「でも、忙しいのも問題だよなあ……」

「まあ、ほどほどがいいよな」

　正月の忙しさを思い出しながら、しみじみと頷いてしまう。氏子さんの手を借りても、正月の神社は巫女も神主も大混乱を極めるのだ。

「前、トムに女の子の話をしたよな」

「コンビニの同僚？」

「そう。久々に見たら、なんかすげえ痩せてて」

げっそりと頰がこけるほど痩せ細っているらしい。

「でも怖いのはさ、痩せてんの、その子だけじゃないんだ」

店長に大学生バイト、三十代後半くらいの主婦など、飯田が通っていた頃に見知っていた店員全員が痩せているのだと話す。

「儲けすぎてそうなったのか？」

「どうだろう」

従業員のほとんどが、五キロから十キロほど体重が落ちていったらしい。

「最近食欲もないし、毎日酷く眠いって。これ、おかしいだろ？」

ニヤけ顔だった飯田が、どんどん深刻そうな顔になる。今まで浮かれていたらしいが、第三者に話をするうちに、だんだんおかしな状況下にあると気づいたらしい。

「なあ、トム。やっぱりこれって――」

「祟り？」

「や、やめろ！　怖いだろ！」

バンと肩を叩かれてしまった。微妙に痛い。ホームルーム開始のチャイムが鳴ると、飯田は「またあとで」と言って自分の席に戻っていった。

それにしても、原因不明の従業員の激痩せ、か。忙しいからといっても、みんながみんな同じように短期間で痩せるのはおかしなことだ。あやかしが絡んでいるにちがいない。学校帰りに寄ったほうが近いが、残念ながら俺には霊感がない。行っても原因を探ることは不可能だろう。家に帰ってミケさんを連れ、バスで再度向かおう。

とりあえず、父にメールをしよう。

昼休みに父から返信が届く。放課後にミケさんを車で学校に連れていこうかと書いてあった。母が買い物に行くついでに送ってくれるらしい。校門では目立ってしまうので、駅の近くの図書館前の公園で待ってもらうようにメールをした。

昼休み、自販機の前でなにを買うか迷っている飯田を発見する。パンを持っていたので、今から昼食のようだ。決まらない様子だったので、アドバイスをしてやる。

「パンだったらコーヒー牛乳一択だろ」

「だがしかし、いちごミルクも捨てがたい」

「女子か」

今日もコンビニのバイトが入っているのかと聞いたら、そうだと答える飯田。

「じゃあ、冷やかしに行くから」

「おう。働く俺を見にこいよな」

放課後、自転車で公園に向かう。ミケさんはベンチに姿勢よく座って待っていた。下駄箱で西川に摑まり五分ほど話していたので、微妙に時間に遅れてしまった。

「お待たせ、待った?」

「いいえ、大丈夫です」

公園内を闊歩する鳩を眺めていたらしい。

「最近餌をくれる人が減って世知辛いと言っていました」

「鳩の言葉、わかるんだ」

「ええ」

ミケさんの意外な特技を知ることになった。

「ごめんなさい。今日はなにも持っていないの」

ミケさんは集った鳩に謝っていた。

「鳩、なんて言った?」

「そういう日もある、仕方がない、と」

「な、なるほど」

そういえば、モチの言うこともわかるのだろうか。気になったので聞いてみた。

「ええ。動物の喋る言葉はひととおり理解できます。もちは謙虚な犬ですね」

いつも「ありがとうございます」とか、「恐縮です」とか言っているらしい。

ちょっと面白いなと思った。

本日のミケさんは白のハイネックに青系チェックのスカートを合わせている。若干スカートが短い気がしたが、分厚い黒タイツをはいているからＯＫなのか。個人的にはかなり好きな格好だ。多分、母がミケさんのために買ったのだろう。グッジョブ母！

ミケさんにどうしたのかと聞かれ、慌ててなんでもないと首を横に振る。

「さ、さて、行きますか！」

とはいっても、ここから件のコンビニまでは徒歩五分ほどだけれど。飯田は十七時半過ぎからの勤務と言っていた。現在十七時前。微妙に時間があるが、まあ、いいか。調査を始めよう。

「ミケさん、ここなんだけど」

「これが問題のこんびに、ですか」

駅から出てすぐのところにあるコンビニ。隣は塾で、その隣は美容室。どこも店内は人で賑わっている。見た感じは普通の建物だと飯田も言っていた。周囲に古い石碑や井戸などもない。

「とくに、不思議なところはないように見えますが」

だったら、問題は建物の中なのか。店内に入ってみることにした。

「いらっしゃいませー」

店内に入れば近くにいる男性店員が振り返り、笑顔で挨拶をする。その姿を見て、ミケさんがぎょっとしたのだ。強張った顔を逸らし、店の奥へと歩いていく。そして、おつまみ売り場で立ち止まった。

「ミケさん、なにか見つけた？」

「え、ええ」

怪しまれないように、スポーツ飲料とお茶、板チョコとビスケットを買うことにした。

ミケさんはレジに近づかず、少し離れた場所にいた。

レジにいたのは先ほど「いらっしゃいませ」と言った店員だ。ちらりと顔を見たら、たしかに痩せている。頬はこけて、目は落ちくぼみ、腕は枯れ木のようとは言いすぎかもしれないが、ガリガリに見えた。病的な痩せ方と言えよう。

そんな状態でも、店員は丁寧な接客をしてくれた。買い物袋を受け取り、店から出る。

自動扉が開いた瞬間に、見知った顔と鉢合わせをする。

「うお！」

「あ！」

飯田がびっくりした顔で見ていた。即座に腕を摑まれ、外に連れ出される。

「おい、トム、早え（はえ）な」

「ホームルーム終わってすぐ出てきたから」

ミケさんを待たせては悪いと思って、自転車を全力で漕いできたのだ。

飯田は深刻そうな顔で質問をしてくる。

「それで、見たか？」

「中の男の人？」

「ああ。あの人店長なんだ」

「へえ、若いなあ」

二十代前半くらいに見えた。聞けば、二十五歳らしい。大村（おおむら）さんという古い歴史のある名家の息子だと教えてくれた。華族制度が廃止される前は、伯爵家だったらしい。そんな、やんごとない家の出身者だと言う。

「なあ、店長、すげえやばかっただろう？」

「ああたしかに、酷く痩せてた」

霊的ななにかを感じたかと聞かれたが、わからなかったと首を横に振る。

「そうか。そうだよな」

「病院は？」

「異常なしだったらしい。……や、やっぱり、祟りなのか？」

「さあ、どうだろう？」

「そういえば、神社ってお祓いとかしているよな？」

「やってるけど」

神社でお祓いを行う場合はお金がかかるからと、先に言っておく。

「神社に来られるなら五千円から。出張は二、三万」

「店長に言っておく。金持ちだからなんとかなるだろ」

ここで飯田と別れようとしたら、背後にいたミケさんに気づく。

「あ、その子、この前の」

「そう。親戚の子。神社で巫女さんをしているんだ」

「へ、へえー」

あまりにも飯田が凝視するので、紹介せざるをえなくなった。

「葛葉三狐さん」

「あ、ど、どうも。飯田っす」

ミケさんは「初めまして」と飯田に丁寧なお辞儀をする。顔を赤くしながらも遠慮なくまだじろじろ見ているので、バイトの時間は大丈夫なのかと指摘した。

「うわ、もうこんな時間じゃん！」

片手をあげ、飯田は店の中に入っていった。俺たちは再び図書館前の公園に戻る。

ミケさんにお茶と板チョコを渡した。

「話、聞いてもいい？」

「ええ」

いったいなにに驚いていたのか。彼女は静かに語りはじめる。

「あの、店に入ってすぐにいた男性に、あやかしが取り憑いていました」

まさか人に取り憑いていたなんて。まったくわからなかった。なんでも、生気を奪っているらしい。本人だけでなく、周囲の人からも奪っているとか。

店員全員が激痩せの理由が判明する。

「とても大きなあやかしで、店の中にまっ黒な霧が漂っていました」

その霧に触れた者の生気をも奪っているらしい。中でも、あやかしの依り代となっている店長さんがいちばん悪影響を受けていると。

「ちょっとなにか情報を握っていないか、聞いてみましょう」

「え、誰に？」

「あちらの方々に」

ミケさんの指さす方向には、ポッポポッポッと鳴きながら地面を闊歩する鳩ご一行。もしかして、鳩からあやかし情報を得るというのだろうか。聞けば、そうだと頷いている。

「手を貸してください」

「ん？」

お手と言われた犬の如く腕をピッと伸ばしたら、ミケさんが手のひらをぎゅっと握った。いったいどうした!?　とひとりで動揺していたら、俺の手の甲に指先でなにかを書いている。

「動物の声が聞こえるようになる呪文です」

「あ、そうなんだ」

説明もなしにしてくるので、びっくりした。ちなみに、ミケさんと手を握ったままじゃないと効果は持続しないらしい。

「次回からは、手を繋いだだけで動物の声が聞こえるようになります」

「へえ、そうなんだ……モチの喋るところとか、聞いてみたいな」

便利な力だ。今度試させてもらおうかな。

そんなことはさておき、鳩の事情聴取を開始する。まずは集合していただかなければならない。俺たちがなにも持っていないと学習したからか、鳩は一羽も近寄ってこなかった。

「ミケさん、鳩呼べる？」

「いえ、あの者たちは私の管轄ではないので」

「そっか」

ならば、最終兵器を使うしかない。鞄の中からビスケットを取り出し、鳩に掲げて見せた。すると、目の色を変えて近づいてくる。

『うお〜〜、それ、コンビニのメープルクッキーじゃんかよお』

『クッキーじゃなくてビスケットだろ？』

『クッキーもビスケットも外国に行ったら同じ意味だろ？　グローバルに生きようぜ！』

おお。本当に鳩の言葉がわかる。話している内容はよくわからないけれど。

とにかく、ミケさんの術はすごい、と思った。

「まず、お話を聞きたいのですが」

『なんだよ、タダじゃくれねえってのか！』

『ギブアンドテイクだよなあ、世の中』

『仕方がねえ。早く言えよ』

ミケさんは鳩の物言いを気にすることなく、丁寧な態度で周辺の異変について情報を求めた。

『ああ～、知ってる。最近、バイトの姉ちゃん来てくれなくなったんだよ！』

『なんか、具合悪いらしいな』

『この前見かけたけど、やばいくらいげっそりしてたもん』

コンビニ店員の激痩せは鳩の食料事情にも影響を及ぼしていたらしい。なにか原因があるのか、鳩に聞いてみる。

『ああ、あれだろ？　同じ店で働いている、ここの藩主だった男の子孫に妙なものがくっついているんだろ？』

『らしいな。その影響でこの辺も怪しくなってきたぜ。あれ、そのうち死ぬって』

『バイトの姉ちゃんも危ねえなあ……』

　どうやら店長さんはこの地の藩主の末裔らしい。

「もしかしたら、藩主だった血筋に結界を施したのかもしれません」

「子孫が続いたら、結界も保たれるってわけか」

　あの様子だと、早くて一カ月後には命を落とすかもしれないとミケさんが呟く。

　なんとか店長さんを連れ出して、あやかし退治をしなければならない。そうすれば、ほかのみんなも大丈夫になるという。が、その前に、いろいろと問題が生じる。どうやって店長さんをうちの神社に呼ぶかとか、どうやってあやかしを店長さんから離すか、とか。

「とりあえず、父さんに相談してみるか」

「そうですね」

　鳩にお礼を言ってミケさんから手を離し、ビスケットを三枚地面に置いた。鳩たちは嬉しそうにビスケットを嘴で突いていた。

　時間を確認すれば十七時半だった。ちょっと気になることがあるので、せっかく近いし、図書館の資料室に寄ってもいいかと聞いてみる。

「ええ、かまいません」

「すぐ終わるから」

　公園の後方にある図書館に行って、資料室への階段を上る。係のお姉さんに会釈をして、目的のものがあるところまで向かった。

「……やっぱりか」

藩主の家系図の巻物が広げられた展示には、家紋が描かれていた。それは、有馬大神の陣羽織に描かれていた家紋によく似ていた。家系図を辿ると、大村家は有馬家と繋がっている。

「有馬大神の子孫は、コンビニの店長だったのか」

これが判明したからといってどうにもならない。有馬大神は自らの血族に由来する刀があれば協力をすると言っていたが、資料室に刀らしきものは置いていなかった。

館長に詳しい話を聞いてみたい気もするけれど、外も暗くなってきたので、家に帰ることにした。

自転車の俺と徒歩のミケさん。どうやって帰ろうかと迷っていたら、母から『用事が終わったら連絡をください。葛葉様を迎えにいきます』というメールが入っていた。返信したら、図書館の駐車場に母が車でやって来る。ミケさんと別れ、俺は自転車で帰宅した。

家に着いたら、ミケさんがモチと遊んでいた。モチが尻尾をぶんぶんと振ったので、俺の帰宅にミケさんも気づく。

「おかえりなさい」

「ただいま」

ぴょこぴょこ跳ねるモチを撫で、散歩に行くために紐を結ぶ。ミケさんも行くと言うので、薄暗い中を歩き出した。

「とむ」

「なに？」

「さっき、もちのお喋りを聞きたいと言っていましたね」

「そうだけど」

返事をした瞬間、ミケさんは俺の手を握ってくる。それから、モチの名を呼んだ。

「もち、お話しをしましょう」

あ、そういうことか、と納得する。ミケさんはモチの喋る言葉を聞かせてくれようとしていたのだ。意味もなく手を握るわけがないのに、ドキッとしてしまった。

こちらの動揺をよそに、前を歩くモチは振り返って「わふっ」と鳴いた。

同時に頭の中で言葉が聞こえる。

『なんでしょうか、葛葉様』

「お散歩、楽しいですか？」

『はい、とっても。こうして連れていってもらえて、光栄に思います！』

うわ、モチの言葉がわかる！　感動した！

ミケさんの言うとおり、モチは謙虚な物言いをする犬だった。普段から慎ましい感じはするなと思っていたけれど。

「モチ、俺の言葉もわかる？」

『はわわ、勉さん！』

まさかの勉さん呼びに噴いてしまった。ミケさんと手を繋ぎながらモチと会話をする。

「モチ、いちばん好きな遊びはなに？」

『紐の引っ張り合いです』

「そっか。じゃあ、帰ったらしよう」

『嬉しいです！』

モチと喋りながらの散歩は、とても楽しかった。

帰宅後、父にコンビニの店長さんの話をした。あやかしを倒すには、その人自身に来てもらう必要があると父は言った。ついでにとあるアイディアも提案してみる。

「なんか、神社に泊まり込みでお祓いとか、そういうプランとかどうかな〜っと」

「一泊厄祓いプラン？」

父は七ツ星稲荷神社の長い歴史の中でそういうものは前代未聞だと言っていた。商業的な面が強くなるので、難色を示している。

「でもなんか最近、宿房っていって、神社に一泊して神道の魅力を伝えるものが流行ってるみたいで——」

宿房とは参拝者がお寺や神社などで一泊すること。またはその施設の名称だとか。

気になる内容は、神社の案内から始まり、祈禱を受け、境内の清掃をする。夜は地元の食材を使った料理が振る舞われる。翌日の朝、本殿及び拝殿の掃除をして、朝拝をする。昼食前まで神社の歴史や希望者に禊の方法を伝授するなどのようだ。観光客向けにこのようなことを行う神社や寺があるらしい。

「なるほど、宿房ねえ」

しつこく説得をしたら、一応企画を立ててみると言ってくれた。店長さんがかなり辛そうだったので、なるべく早く用意してほしい。


翌朝、境内の清掃を終えて朝食の時間に父が一枚の紙を差し出してくる。

「勉、昨晩、こういうのを考えてみたんだが」

——七ツ星稲荷神社・一泊厄祓いプラン。

厄年の方から、ちょっと最近災難や障りが多いなという方向けの企画です。心身共に清める禊講座から、悪いものを落とすお祓い、境内を清掃して徳を積むなど。

清浄な境内の中で神様と共にあることにより、心地よい時間をご提供いたします。

一泊二食付き、一万五千円から。

プランの下部には食事の写真もあった。よく見ると母がつくった夕食や朝食だ。父がたまにスマホで撮っているものを使ったとか。下部には『写真はイメージです』と書かれてあった。

「うわ、すごい」

どうやら朝方まで頑張っていたらしい。目の下には濃い隈が。デザインも手抜き感がないし、料理の写真もおいしそうだ。

「じゃあ、これ、コンビニで働いている友達に渡しておくから」

「そうしてもらえると助かる」

コンビニに直接行く覚悟もしていたと父は話す。けれど今まで営業をしたことがなかったので不安だったと。

登校するなり朝一で飯田に一泊厄祓いプランのチラシを持っていった。

「おお、すげえ、こんなのがあるんだ！」

「まあ、気持ちを軽くする程度だと思って」

ごりごりに推したいところだけど怪しまれたらいけないので、軽くオススメするだけにとどめておく。

「な、なあ、これって巫女さんが世話をしてくれるのか？」

「いや、うちの父さんが心を込めてお世話を」

「なんだ。だったら俺は行かなくてもいいかな」

巫女さんがお世話をしてくれるなら、飯田も来たかったのか。だが残念ながら、巫女さんはご多忙なのだ。

今日はバイトがない日だけれど、放課後、店長さんに渡しにいってくれるらしい。うまい具合にのってくれたらいいなと思うけど、どうだろうか。

父はチラシ作戦が失敗したらすまないと謝っていたが、ミケさんは大丈夫だと言っていた。最終手段として、術を使って深夜の神社に呼び寄せるようなまじないがあるそうだ。でも人を惑わす力はなるべく使いたくないようだ。だから、店長さんが申し込んでくれることを心の中で願う、とも言っていた。

帰宅後、父の手伝いをするために神社に向かう。社務所の玄関掃除をしていたら、電話が鳴った。

「もしもし、こちら、七ツ星稲荷神社、社務所でございます」

「あ、あのー、チラシを見て、電話をしました大村と申します。ちょっとお話を聞きたいなと思い……」

おお、チラシを見た大村さんということは、コンビニの店長さんだ！　責任者に代わりますのでと言って、本殿にいる父を呼びにいった。電話で話す父のうしろ姿を見守る。

「はい、はい。こちらこそ、よろしくお願いいたします。それでは――」

電話が終わったようだ。昔ながらの黒電話の受話器を置くと、チンと音が鳴る。振り返った父は、満面の笑みを浮かべていた。

「店長さん、申し込み、した？」

「ああ。三日ほどここで休養したいと言ってきた」

おお！　さすがお金持ちのお坊ちゃん。

ミケさんにも報告すると、三日もあればどうにかなるだろうと、安堵するような表情を見せていた。

「その、大村さんはいつ、いらっしゃるのでしょうか？」

「次の土曜だって」

まだ微妙に参拝客が多いシーズンなので、知り合いの神主を呼んで助勤に就いてもらうようお願いするようだ。料理を担当する母も張り切っているらしい。大村さんの食欲がないということで、いろいろな料理を少しずつ食べてもらおうかなと話していた。

翌日。教室に入った途端に飯田が話しかけてくる。用事は一泊厄祓いプランについてだった。

「おい、トム。店長、あのあとすぐに申し込んだってさ」

「へえ、そうなんだ」

「しかも三日間も！」

「それはすごい」

あくまで自分は部外者だと装っておく。父親から聞いていないのかと突っ込まれたが、個人情報なのでと誤魔化しておいた。

「ほかの従業員も誘いたいって言っていたけど、予定が合うのかわからないってさ」

あまり大人数を泊められるようなスペースはない。多くても二、三人くらいだろう。男女別の部屋を用意するとなれば、さらに大変なことになる。まあでも、その辺の心配は父に任せることにした。

「神社も手広くやっているんだなあ」

「……まあね」

不本意だが、そういうことにしておこう。

放課後、白石さんが妙にそわそわしながら教室で時計を見ていた。手には箒を握っている。今日は掃除当番なのだろう。基本的に、掃除はメンバーが集まらなければ始められない。だいたい、ホームルームが終わってから三十分ほどで開始される。もしかして、急ぎの用事があるのだろうか。目が合ってしまったので、声をかけた。

「今日、用事でもあるの？」

「え？」

「なんか、そわそわしてたから」

「え、あ、うん。ちょっと」

白石さんはバス通学だが、彼女の乗るバスは三十分に一度しかやって来ない。そのため、時間との勝負なのだろう。

「次のバスって？」

「五十分なの」

残り十五分。これから全力で掃除をすれば間に合うけれど、残念ながらメンバーは集まっていない。

「掃除当番、代わろうか？」

「そんな、悪いし」

「大丈夫。今日用事ないから」

その代わり、また数学でわからないところがあったら助けてくれとお願いをした。

「じゃあ、お言葉に甘えようかな」

「どうぞどうぞ」

「ありがとう、水主村君」

白石さんが笑顔で帰っていくうしろ姿を眺めながら、いいことをしたと自己満足。けれど、トイレから帰ってきた掃除係の男子一同に、どうして白石さんがいないんだと怒られる。なんとも世知辛い話だ。

掃除を終えたあと神社に行ったら、父が忙しなく動き回っていた。

「おお、勉、ちょうどよかった」

コンビニの店長さんが宿泊する社務所の部屋を掃除するように言われた。お守りやお札の授与所には今日はミケさんが座っていた。なんだか難しい顔をしている。

「ミケさん、ただいま」

「あ、とむ。おかえりなさい」

声をかけたらいつもの無表情へと戻ったけれど、いったいどうしたのか。が、ここで立ち話をするのは参拝客の邪魔になるので、社務所の中へと入る。

すぐにでも話を聞きたいような気分だったけど、とりあえず、父に言われていたことを先にすることにした。

一時間かけて掃除を終えると、野中さんから休憩を取るように言われる。休憩所には電気ポットの前で正座をして、真剣な眼差しを向けるミケさんの姿が。お湯が沸いたという電子音が鳴ったら、ホッとしたような顔を見せる。

「お湯、沸いた？」

「あ、はい。沸きました」

初めてひとりで準備をしたらしい。

慎重な手つきで湯のみに注いだ湯を、急須の中に注いでいる。本日の茶菓子はどら焼き。きっと修二の家の店で買ってきたものだろう。あそこの店はどら焼きもおいしいのだ。表面に山田の文字の焼き印が入っていたのでまちがいない。

　饅頭店やまだのどら焼きの生地はふわふわで甘さ控えめ。中のつぶ餡はたっぷり詰められている。濃いお茶と相性がいいお菓子だ。どら焼きはひとり二個食べていいというメモがあった。俺はひとつでいいので、もうひとつはミケさんの前に置く。

「あげる」

「いいのですか？」

「いいのです」

　ミケさんは笑顔でお礼を言ってくれた。どら焼きを食べるミケさんはいつもと変わらないように見えたけれど、先ほどの表情の意味が気になったので聞いてみることにした。

「ミケさん、聞きたいことがあるんだけど」

「はい？」

「さっき、授与所に座って難しい顔をしていたけれど、なにかあったのかなって。心配ごとでもある？」

　話を聞いた途端に、ミケさんの表情が曇る。目を伏せ、押し黙ってしまった。聞いてはいけない話だったのか。こういうとき、どういう対応をしていいかわからなかった。でも、無理に話を聞くのはよくない。

「ごめん。余計なこと聞いて」

「いえ……そんなことはないのですが……」

すっかりお茶も冷めてしまったので、二杯目を淹れる。温かいお茶を飲めば、ちょっとは不安もやわらぐかもしれない。

ミケさんはお茶を飲み、ほっと息を吐いている。それから、静かな時間を過ごした。休憩時間は残り十分。今日撮った飯田の変顔写真を見せたら元気になるかなと考えていたら、話しかけられる。

「とむ」

「なに？」

「先ほどの話、聞いてくれますか？」

どうやら話してくれるらしい。崩して座っていた足を正し、背筋を伸ばした。

「先ほど総代の集まりがあり、神社の神使像についての話し合いがあったようです」

総代とは氏子さんの代表のこと。各地域からひとりずつ選出される。神社は氏子さんたちの信仰と支えがあって成り立っている。

話は戻って、その総代さんが神使像を新たに買おうと言い出したらしい。

「神使像って、楼門の前の？」

「はい。なんでも、像がないのは寂しいと」

なるほど。そういう事情があったのか。

そして総代さんたちが神社のために神使像の寄付を提案した。父は一度ミケさんに相談をするため保留にしていたようだ。神使像は表向きは盗まれたことになっている。警察も引き続き捜査をしているとのこと。

「新しい神使像が来たら、どうなる？」

「その像には、新しい神使が宿るでしょう」

「そうなったら、ミケさんの居場所がなくなる、とか？」

だから暗い表情でいたのだろうか。ミケさんはそんなことはないと言うが、説明できない複雑な思いがあるらしい。

「私はどうしたらいいかわからなくって」

今、ミケさんは結界を元に戻すために神使像には戻れない。が、総代さんたちは神社の威厳を保つために像が必要だと主張している。

なかなか難しい問題だと思った。誰かに相談できたらと考えていたら、ふとあることが頭を過(よぎ)る。恐れ多いことだと思ったけれど、ひとつの案として言ってみた。

「ミケさん、神様に相談をしてみるというのは？」

「宇迦之御魂神に、ですか」

ここは宇迦之御魂神を主に祀る神社だ。だから、相談してもいいのではと思う。

「とむ、稲荷神社が全国にどれだけあるかわかっているのですか？」

「三万社くらいでしょう？」

「ええ、そうです」

商売繁盛、五穀豊穣のご神徳がある宇迦之御魂神は京都にある総本社、伏見稲荷大社から全国各地に分霊され、たくさんの人々に信仰されている。きっと、願ったとしてもなかなか会うことが難しい神様なのだろう。

「やっぱり無理か」

「……まあ、だめもとで相談してみるだけでも。宇迦之御魂神とお話しすることは私の神格では叶いませんが、近しい眷属にならら、話が通るかもしれません」

ミケさんの瞳から、先ほどのような迷いなどが消えたような気がする。ちょっとだけ安心した。

「いつお願いする？」

「そうですね。このあと、参拝時間が終わったら、拝殿を借りようかと」

「わかった。父さんに言っておく」

休憩時間もそろそろ終わりだ。ミケさんとふたりで急須や湯のみを洗って後片付けをして、仕事を再開する。

俺はまず、父のもとに向かった。事情を話したら、拝殿の使用を許可してくれた。

「総代さんの話、びっくりした」

新しい神使像を購入しようという話は昔からあったらしい。が、そのたびにじいさんが反対をしていたそうだ。

「神使像が複数ある神社なんて珍しくないのに、父さんは頑なに新しい像を買おうとしなかったんだよなあ……」

それも、ミケさんの気持ちを考えてのことだったのだ。父は盗まれた神使像に愛着があると説明し、総代さんたちに待ってもらっているという。

「やはり、葛葉様はいい顔をしなかったなあ……」

「まあ、複雑だろうね」

今日、神様に相談して、なにかいい答えが出たらいいな。

「では、今から白狐社に連絡します」

白狐社というのは、命婦専女神（みょうぶとうめのかみ）を祀る社らしい。

命婦専女神は宇迦之御魂神に人の願いを伝える役割を担っているのだとか。

儀式は十八時半から拝殿で行うことになり、父も神社の長として、ミケさんの儀式に参加する。正装を纏い、邪魔にならないような場所に正座をして神降ろしのときを待つ。

ミケさんは鈴の付いた棒を持ち、シャンシャンと鳴らしながら祝詞を詠む。

空気がピンと張り詰めていた。ひやりと、冷たい風がどこからともなく吹いてくる。神風だ。ミケさんはひときわ強く鈴を鳴らす。すると、祭壇が淡く光り出した。父が平伏しているのに気づき、俺もあとに続く。

なにかが降り立つ音が聞こえた。ミケさんが「ご無沙汰しております」と言っている。

『コオォォォン！』

……ん？　狐の鳴き声？

『葛葉三狐よ、面をあげよ。うしろに控える者も』

言われるがままに顔をあげたら、祭壇の鏡に白い狐が映っていた。ミケさんは俺たちの紹介をしてくれる。お狐様は鏡の中でコクコクと頷きつつ聞いていた。

『我は命婦専女神に仕える第一神使、仁枝狐乃葉と申す』

どうやら、いちばん偉い眷属が来てくれたらしい。再び、父と共に平伏をする。ミケさんはさっそく、現在七ツ星稲荷神社が抱えている問題を報告した。

『ほう。さようなことが』

「はい。なんとか、お力を貸していただけたらと……」

『あい、わかった』

仁枝様は神の使いを送ると言う。

「それは、七ツ星稲荷神社に新たな神のつかわしめを派遣するということでしょうか？」

『否。そこまで神格の高いものではない』

神使ではなく、ミケさんの手伝いをする者を向かわせると言っていた。

その者が、狐の神使像に化けてくれるという。これで、氏子さんたちも安心するだろう。狐像は、匿名で寄付されたということにしておけばいい。

『七ツ星稲荷神社の神使見習いについては待たれよ』

「承知いたしました。ありがとうございます」

『ふむ』

最後に、仁枝様は俺たちにも『なにか困ったことがあれば言ってみるとよい』と声をかけてくれた。父は引き続き、神社のことを見守っていただければと願う。

『──お上に伝えておこう。では、さらばだ』

その言葉を最後に仁枝様は鏡の中から姿を消した。儀式を終えたミケさんはホッとした表情で振り返って言う。

「あとは、神使見習いを待つばかりです」

「はい。そうですね」

本殿から出て、時計を確認してみれば二十時前となっていた。緊張から解放されたら、お腹がぐうと鳴る。

「さて、家に帰ろう」

帰宅すると、母はトンカツをつくって待っていてくれた。衣はサクサクで肉厚な豚は柔らかく、ほんのり甘みもある。ご飯を三杯も食べてしまった。

お腹がいっぱいで、もう動けないのに、夕食後には、宿房で出す食事の試食会が始まった。

「こちらは地元産のニンジンを使ったきんぴらです」

「歯ごたえがいいですね。甘めの味加減もすばらしいです」

試食会に付き合っているのはミケさんだ。俺は満腹で、参加できない。

……いや、ミケさんもご飯を三杯食べていたけれど。

ニンジンのきんぴらのほかに、茹でピーナッツご飯、煮ごみ、角寿司、白和え、煮魚、鶏団子の甘辛煮など、周辺地域で育った食材をふんだんに使った料理が並んでいた。

夕方から母と妹のふたりでつくったもので、残ったものは明日のお弁当のおかずになるらしい。デザートもある。白玉ぜんざいに、桜の花びらのゼリー、ぼた餅にきな粉のわらび餅。ミケさんはキラキラと目を輝かせながら、どれもおいしいと絶賛していた。そんな彼女を笑顔で見守る母と妹。果たして、これでは試食会の意味があるのか。

明日の弁当で、俺が真面目な品評をしよう。

父は孫娘を見るような目で、ミケさんの食いっぷりを眺めていた。

「いやはや、葛葉様の食欲は見ていて気持ちがいい……くっしゅん!!」

「まあ、お父さん、風邪ですか?」

　母は心配そうに声をかけ、戸棚の中から薬を出した。が、その場でボトリと瓶を落とす。こちらにコロコロと転がってきたので、拾って父に渡そうとして俺も瓶を落としてしまった。

「おい、どうしたんだ？」

　偶然にも、薬は父の方へ転がっていったので、父が拾いあげた。無事に本人の手に辿り着いたのはよかったが、よくないことが一点。呆然とする母と俺を見て、父は不思議そうな顔をしている。

「どうかしたのですか？」

　ミケさんも父を見て目を丸くする。妹はすでに気づいていて、顔を背けていた。

「だから、どうしたんだ、みんな？」

「水主村殿。非常に言いにくいのですが、頭に、狐の耳が」

　ミケさんに指摘され、父は禿げた頭を撫でる。すると、モコモコとした狐の耳の触感があったのだろう、驚いた顔をしていた。

「ど、どうして、耳が!?」

　有馬大神が消してくれたはずの耳が、父の頭部に生えてピコピコと動いていた。

「もしかしたら、くしゃみで神力が外に放出されてしまったのかもしれません」

「そ、そんな！」

有馬大神は柏手を打って消していたはずと教えたら、父は手を何度も打つ。しかし、狐耳はいっこうに消えなかった。その様子は悲惨の一言。妹同様に、目を逸らしてしまった。

見習い神主と狐神使の
あやかし交渉譚

とうとうコンビニ店長こと、大村さんが三日間うちの神社に宿泊するお祓いイベントが始まった。土、日、月の三日間で、俺も土日は可能な限り手伝いをしようと思っている。

母は妹と共に車で駅前まで大村さんを迎えにいった。

神社は朝から大忙しだった。加えて土曜日なので、参拝客もそこそこ多い。役割を分担しつつ、時間を無駄にしないように作業を進めていく。

参道の階段を竹箒で掃いていたら、鳥居の前に来た母に呼ばれる。振り返ると以前コンビニで見かけた男性、大村さんの姿があった。

「勉、こちらに迎えにきてくれる？」

「あー、はい」

母と妹はじいさんの喪に服している最中なので、神社の境内には入れないのだ。

階段を下りていくと、丁寧な態度で挨拶をしてくれる。大村さんの下の名前は純広（すみひろ）というらしい。痩せ細った姿がなんとも痛々しかった。

「水主村（かこむら）さんは飯田君のお友達なんですよね？」

「はい、そうなんです」

「宿房も紹介してくれたみたいで、ありがとうございます」

「いえいえ」

周囲から絶対になにかに取り憑かれているので、お祓いに行ったほうがいいと勧められたらしい。

「でも、うちはキリスト教なので、来てもいいのかと、ちょっと気が引けて」

「心配はいらないですよ。仏教徒の方もいらっしゃいますので」

「そうなんですね」

八百万の神が存在する日本である。古代より自由な信仰が許されていた。

鳥居の前でうっかり話し込んでしまった。先日より大村さんの顔色が悪くなっているような気がする。とりあえず、社務所へ案内して少し休んでもらったほうがいいかな。

母と妹とは別れて、神社の中に向かおうとしたが――。

「水主村さん、ちょっと待ってください！」

「はい？」

慌てた様子で引き止めるので何事かと思っていたら、神社にお参りするための作法をあまり知らないと言う。

「すみません、一応、ネットとかで調べたのですが、まちがっているかもしれないので」

「では、お教えしますね」

以前、友達に教えたように、大村さんにも神社を案内しつつ、参拝方法について教えることになった。いろいろと作法を説明しながら参道をあがっていくと、手水舎の前にミケさんと父がいた。

ミケさんは大村さんの後方を見て、目を細めていた。どうやら神域の中にも、しっかりとあやかしはついてきているようだ。ここより先の案内は父が代わって行うことになった。このあとは社務所の中でお祓いで使う人形(ひとがた)づくりを言い渡されている。

ふと、ミケさんの顔色が悪いことに気づいた。

「ミケさん？」

声をかけると、ミケさんはハッとしたように肩を揺らす。具合でも悪いのかと聞いたら、あやかしの瘴気に中(あた)っただけだと言う。人型を取っているがゆえの弊害らしい。

「なにかをしたら、よくなるとかの対処法はないと」

「そうか」

為す術はないようだ。

「大丈夫？」

「ええ、平気です」

そんなふうに言うが、顔色はまっ青に見えた。

「あ、そうだ」

首を傾げるミケさんに、スマホに付けていた鈴を取り出して見せた。

「これ、ミケさんが持っていて」

「なんでしょうか、これは？」

「じいさんからもらった魔除けの鈴」

「狐鉄からもらった大切なものでしょう？　ずっと身に付けておくようにと言われたのでは？」

「そうだけど、ミケさん具合悪そうだし」

「私は平気です。とむが持っていてください」

俺は霊感なんてないから、昼間はあやかしの瘴気に中ることもない。だから、ちょっとでも楽になるようになればと思ったんだけれど、遠慮されてしまった。

「でも、ミケさんが倒れたら、困るし」

そう言ってスマホから外し、彼女の手のひらに半ば無理矢理、鈴のストラップを握らせた。

「──あ」

「どうかした？」

「いえ、狐鉄の神力を感じました」

ミケさんは鈴を胸の前で抱きしめ、目を閉じる。少しだけ楽になったようだ。

「本当によろしいのでしょうか？」

「いいから、いいから」

最終的にミケさんはじいさんの鈴を受け取ってくれた。これから境内の掃除をすると言っていたが、室内での軽作業である人形づくりと交代しようと申し出た。

「ですが——」

「ちょっと座っていればよくなるかもしれないし」

「え、ええ、そうですね」

ミケさんの背中を軽くポンポンと叩き、見送った。

その後、宿坊のメニューの一部を、ミケさんと一緒にこなす。大村さんと精神統一を行い、ミケさん主導でお祓いもした。

十八時過ぎ。夕食を社務所まで運ぶ。食卓の上に並んだ料理を見て、大村さんは喜んでいた。食欲がないというので、一日目は消化にいい料理を選んだようだ。温泉豆腐に鮭とキノコの酒蒸し、ニンジンの白和え、カブと挽き肉の煮物など。いろいろと手伝いをし、今日一日、てんやわんやだった。

一緒に家に帰る途中、ミケさんは鈴を返すと言ってきたけれど、もう少しだけ持っておくようお願いをした。見た感じ、まだ本調子ではなかったからだ。

母にミケさんの元気がないとメールで伝えておいた。すると、夕食には大量の鶏からあげといなり寿司が……。それを見たミケさんは少しだけ元気になった。

夜。二十一時過ぎに風呂に入る。ちょっとだけ勉強もした。週明け、また小テストがあるのだ。そろそろ仮眠を取らなければならない。あやかしが活発になる丑三つ時には、また神社に向かわなければならないのだ。ベッドに片足をかけた瞬間に、部屋の扉が叩かれる。

　誰かと思って扉を開いたら、パジャマ姿のミケさんだった。本日は水玉模様のパジャマを着ている。

「なに？　どうかしたの？」

「とむに、魔除けを」

「魔除けの鈴は、まだミケさんが持って――」

「いえ、私のまじないを込めた鈴を、とむに」

　また鈴を返しにきたのかと思っていたら、勘ちがいだった。ミケさんは神社で売っている厄除けの鈴にまじないをかけ、俺にくれると言うのだ。

「あの、こういうのはあまり得意ではなくて、効くかどうかわかりませんが」

「あ、ありがとう」

　赤いリボンの付いた鈴を受け取る。手のひらに置かれた鈴は、リンと涼やかで綺麗な音を立てた。

「じゃあ、また、あとで」

「あ、うん、おやすみ」

　なんだか、嬉しい。顔がにやけてしまう。ミケさんの神力がこもった鈴は、勇気がリンリンと湧いてくるような気がした。

夜、丑三つ時になる前に神社に向かう。父は大村さんと一緒に社務所にいるので、ミケさんとふたり、神社まで母の車で送ってもらった。

先ほどミケさんにもらった鈴はスマホに付けてある。

ミケさんは巫女服の霊装を纏い、腰には永久(とこしえ)の花(はな)つ月(づき)が吊るしてあった。

じいさんのお守りの鈴は刀に付けてくれている。

リンリン、リンリンと、ふたり分の鈴の音が静かな夜道に響く。

大鳥居の前まで辿り着く。

なんだかいつもより不気味に感じて、鳥肌が立ってしまった。参道を見あげるミケさんの横顔も緊張しているように見えた。

「大丈夫、ミケさん？」

「……ええ、行きましょう」

鳥居の前で一礼をしてから、階段をあがっていく。すると、しだいに風が強くなる。蘆屋大神がお怒りなのか……？

霊感なんてまったくないのに、楼門を抜け、奥に進むにつれて背筋がゾクゾクしてきた。確実にいつもと雰囲気がちがう。

まずは社務所に向かった。だが、途中でぐっと青ざめた表情のミケさんに腕を掴まれる。

「ん？」

「とむ、あそこには、近づかないほうが、いい」

「もしかして、ヤバい？」

ミケさんはコクリと頷く。社務所の中には父と大村さんがいるのに……。

「中のふたりは、生きていると思います」

「あ、うん」

が、よかったと言える雰囲気ではない。ふたりの状況が気になる。

境内の風は強くなる一方だ。蘆屋大神は、今日はとくに荒ぶっているようだ。それだけ、あやかしの力が強いのだろう。

「結界を、張りましょう。簡易的なものですが、なにもしないよりは、いい」

「わかった」

社務所の周囲に、盛り塩を置いて回る。これで、この範囲内にいるあやかしは弱体化できるようだ。しかし、依然として安心できるような状況ではないらしい。

ミケさんになんて声をかけたらいいのかわからない。なにもできない俺は、平気？　とも、大丈夫だよ、とも言えない。

ミケさんの刀の鞘を握る手が、ガタガタと震えていた。その姿は見ていられなかった。今日ほど自分の無力さを恥ずかしく思ったことはない。

手持ち無沙汰になり、スマホで時間を確認する。

「あれ？」

「とむ、どうかしましたか？」

「いや、スマホの電源が、入らな――」

スマホの電源のボタンを強く押した瞬間、バチンと大きな音が鳴り、驚いて倒れそうになった。ラップ音だろうか？

「とむ！」

ミケさんに押し倒される形で転倒する。自分たちのすぐ上を、なにかが通過していった。

「な、あれ、は……」

「とむ、可能なら拝殿の中にいてください。簡易結界が崩壊しました。アレは、とても危険なモノです！」

どうやら、先ほどの物音は結界が切れた音らしい。顔をあげたら、アレと示されたモノを見てしまった。赤黒くて巨大な、虎のようななにかだった。

今まで見たあやかしの中でいちばん大きい。サーベルタイガーのような姿をしている。剥き出しになった牙は、鋭く尖っていた。

ミケさんは立ちあがると、すぐに地面を蹴った。同時にあやかしも動き出す。俺も微力ながら協力しなければならない。拝殿に行って、祝詞を詠まなければ。

ぶっちゃければあやかしにビビッて力が入らない。けれど、ミケさんが戦っているのに、このままここで転がっているわけにはいかなかった。

ぐっと腕に力を入れて立ちあがる。風が強くてふらついてしまった。蘆屋大神、頑張りすぎだろう。なんだかんだ言っていたが、蘆屋大神は神社を守ろうとしてくれているようだ。ただ、頼ってばかりではいられない。相手は気まぐれな神様なのだから。

ふらふらしながら拝殿までの道のりを歩く。視界の端に、ミケさんとあやかしが戦っているのが見えた。はっきりと戦う様を見るのが怖かった。チラチラと目に映る限り、ミケさんがあやかしに圧倒されているように見えて。

拝殿に辿り着くことだけを考えながら、一歩一歩進んでいく。なんとか、ミケさんの言うとおりに拝殿に到着することに成功。境内の様子を把握しようと振り返る。

「――え？」

ミケさんの小さな体が、あやかしの体当たりを受けて弾き飛ばされていた。何度か地面を跳ね、転がっている。顔や胸元に赤く見えるのは――血？

ドクドクと心臓が鼓動する。

ミケさんは動かない。それなのに、あやかしは余裕たっぷりの足取りで一歩一歩近づいていく。気づいたときには、俺の足は走り出していた。

なにもできやしないのに、拝殿に行くことができなかった。当然ながら作戦もなにもない。全力疾走で、すぐにミケさんのもとへ辿り着く。

「ミケさん!!」

ミケさんは全身血まみれだった。肩に触れたら、じんわりと湿っているのがわかる。怪我をしているのに、苦しんでいる様子でもなかった。その表情は、まるで、眠っているような——いや、そんなわけはない。

手首を掴み、脈拍を調べた。指先に、トクトクという脈を感じる。生きている——が、ホッと一息なんて、できるわけがない。

あやかしは目の前まで迫っている。ずいぶんと余裕を見せていた。今になって、指先が、肩が、体の至る場所が震えているのに気づく。

怖い。今の状況が、たまらなく怖いのだ。

どうすればいい、なにをすれば助かる?

まったくわからなかった。

スマホであやかしの倒し方を検索できないかと、馬鹿な考えが頭の中に浮かぶ。

ポケットの中からスマホを取り出す。だめもとで電源を押してみたが、やっぱり、起動しなかった。その刹那、突然あやかしが咆哮する。びっくりして、スマホを地面に落としてしまった。どうやら威嚇で一吠えしたらしい。

十分に恐ろしさは伝わってるっての!

地面に落としたスマホからリンと鈴の音がする。ミケさんからもらった魔除けだ！

慌ててスマホを手中に収め、握り締める。あやかしは眼前まで迫っていた。手先が震え、再び鈴がリンと鳴る。

そのとき、ふと頭に浮かんできたのは、もうひとつの鈴の存在。じいさんからもらった鈴は、ミケさんが永久の花つ月の鞘に付けていたはずだ。ミケさんの腰から吊るしている刀の存在を思い出し、紐を外して刀を手に取る。

相変わらず、めちゃくちゃ重い。振り回すのなんて無理だろう。抜けないとわかっていたが、奇跡を信じて鞘と柄を摑み、思い切って引いてみた。

やっぱり抜けない。

神様なんていないんじゃないかと思った。……いや、確実にいるのだけれど。もう一度、あやかしが咆哮する。これ以上ぼやぼやしていられない。

覚悟は決めた。チャンスは一度きりだ。そう思って、永久の花つ月を持ちあげる。

たった一度のやけくそ攻撃。

鞘に入ったままの永久の花つ月を、あやかしにぶつけることにした。

鞘だけでも強力な武器である、という情報は誰に習ったのか。ちょっと思い出せない。重たいので、攻撃は一度しかできないだろう。

そんなふうに考えながら、地面を蹴ったあやかしに向けて、刀を持ちあげる。

『やめよ!!』

脳内に声が響いたが、持ちあげた刀はすでにあやかしに向かっていた。無我夢中で刀を振り下ろす。刀はまっすぐにあやかしの額へ向かっていった。

ガチン、と、大きな衝撃が、なぜか、俺の後頭部、に……？

「う、うわああああああああああああ!!」

最初、誰の叫び声かわからなかった。だが、途中で気づく。大声をあげていたのは、俺だ。頭が、割れるように痛い。視界がまっ暗になる。

どうして、どうしてこんなに痛いのか？

誰かに襲われた？　そんなはずはない。そんなはずは……。

頭が割れた。そうにちがいないと思った。地面を転がり、痛みに耐えようとしたが、無駄な行動に終わる。

痛い、痛い、いたい、イたい、イタい、イタイ!!

今まで感じたことのない激痛に襲われる。気を失えたら、どんなに楽だったか。

「はっ、はっ、はっ、うっ！」

息を整えようと、大きく空気を吸い込めば、ゲホゲホと、咳き込む。

ゴホリと、ひと際大きな咳をしたら、喉からなにかが溢れ、さらに咳き込むことになる。

吐き出したのは、大量の鮮血。

いったい、なにが起こったのか、わけがわからない。

痛みで意識がぼんやりする中で、なにかの気配を背後から感じる。最後の力を振り絞りそちらを見るために転がると、そこにはとんでもないモノがいた。

それは、夜の闇よりも暗い、大きな獣。全長は五メートル以上はありそうだ。新たなあやかしだろうか。絶体絶命だ。

黒い獣は体を低くして、大きく跳躍する。恐ろしくて、ギュッと目を閉じたが、衝撃はやって来ない。ふわりと、柔らかな風を感じるだけだった。どうやら、俺を飛び越えていっただけらしい。

相変わらず、頭は割れるようにズキズキとした痛みを訴えている。もう、声が嗄れていて、叫び声も出せない。息を吸い、呼吸を整えようとするけれど、途中で咳き込んで、激痛が全身を駆け巡る。

俺はいったいどうなってしまったのか。

冷や汗がつうと額から頬へと伝っていった。否、汗ではなく、血かもしれない。

瞼を開いたら、黒い獣が虎のようなあやかしを蹂躙しているさまが見える。尻尾は逆立ち、怒りを表しているのがわかった。

圧倒しているのは一目でわかったが、急に黒い獣がびくりと体を揺らす。

てん、てんと後退したかと思えば、大量の血を吐き出していた。

その刹那、黒い獣と目が合う。あれは——ミケさんだ。まちがいない。

今日はどうして、巨大な狐になっているのか。目は血走っていて、いつもの優しさは感じられなかった。ミケさんが限界状態であると、すぐに気づく。咳き込むたびに血を吐き出していた。もしかして俺を、この七ツ星稲荷神社を守るために、無茶をしているのだろうか？

もう、いい。ミケさんは頑張った。だから——。残った力を振り絞って彼女に手を伸ばそうとしたら、頭上から気配を感じた。

『だから、やめよと言ったろうに』

この声は、蘆屋大神。もう、見あげる余裕なんてないけれど、呆れている感はひしひしと伝わってくる。

ミケさんは虎のあやかしに対し、低い声で唸っていた。あやかしは、ミケさんから受けたダメージで動けないように見える。

頭上でトンと地面を叩く振動が伝わり、しゃらんという音が鳴った。蘆屋大神が持っている錫杖だろう。

なにやら呪文のような言葉が聞こえたあと周囲が一瞬だけ光り、次の瞬間、ドーンという爆音と共に雷が地面に落ちてきた。

あやかしのいた場所に、火柱があがる。地面からビリビリと電撃のようなものが伝わり、俺の意識も遠のいていく。

——ああミケさん、助けられなくってごめんなさい。

謝罪の言葉は、カラカラに乾いた口から発せられることはなかった。

それから三日三晩、俺の意識は戻らなかったらしい。ミケさんも。

自宅で別々の部屋に寝かされていたが、偶然にも、同じようなタイミングで、ふたり仲良く目覚めたそうだ。

「うっ……！」

怪我は思ったよりも軽傷だったのか、痛みはまったくない。

気づいたら枕元には涙目の父の姿があった。どうやら多大な心配をかけてしまったようだ。申し訳なく思う。母はミケさんのそばで看病をしているらしい。

それにしても不思議なものだ。あれだけ感じていた後頭部の痛みは綺麗さっぱりなくなっていた。恐る恐る触れてみると、傷なんてどこにもない。

後頭部に衝撃を受けた瞬間、頭が割れて脳の中身が飛び出したかと思った。けれど、現実はそうではなかったようだ。

「父さん、俺に、なにが――」

父に問いかけたら、頭上から返事が聞こえた。

『魂と直接繋がる鞘で殴れば、痛いに決まっておる』

――んん？　魂と直接繋がる鞘？

その声は父のものではなく、若くて凛とした男の人の声。慌てて寝たまま声がした方向を向いたら、なんと蘆屋大神がいて、軽蔑をするような冷たい眼差しでこちらを見下ろしていた。

「え、あ、蘆屋大神、様!?」

眉間に皺を寄せ、ジロリと睨みつけながら『如何にも』とおっしゃっていた。

恐る恐るご機嫌を伺うと、最悪だとおっしゃる。蘆屋大神は父に依り代を準備しろと命じていた。できるだけ小さなものが好ましいと。父は跳ねるように立ちあがり、一礼をすると一階へ駆け降りていく。

どうやら、神社を離れると気分が悪くなるらしい。そこまでしてそばに来てくれるなんて、優しい神様だと思った。

父が持ってきたのは、なんとお隣さん家のハムスター。キンクマという種類で、アニメに出てきそうなコミカルな顔つきをしている。名前は『はむ子』と、ケージに小さな看板のようなものがかけてあった。

お隣さんは信仰熱心な氏子さんで、少しの間神事に使わせてほしいと言ったら、深く追及せずに貸してくれたという。父は額に汗を浮かべながら、依り代への負担がないかを確認していた。心配はいらないという答えが返ってくる。

蘆屋大神はひまわりの種を食べているはむ子さんを一瞥し、『まあいいだろう』と言って錫杖を床に叩きつける。

シャランとした音と同時に、はむ子さんがポテンと倒れた。

すぐにむくりと起きあがったかと思えば、チュウチュウと不満そうな声をあげる。同時に、いつもの蘆屋大神の不機嫌な声が頭の中に聞こえてきた。

『獣臭い箱だ。早う身どもをここより出せ』

父は返事をしてケージを開き、慎重な手つきで芦屋大神を出す。両手で依り代となったハムスターを持っていた。

つーか、キンクマハムスター、でかいな。

若干、父の手のひらからはみ出している。そんなことはさておき、蘆屋大神の話を寝台に寝た状態で聞くことになった。

『まず、あの刀、永久の花つ月だったか、あれはお主と関係の深い神具である。その身の一部と言っても過言ではない』

驚きの事実。永久の花つ月は、俺の体の一部らしい。鞘は魂を守る結界の役割を果たしており、叩いたら直接こちらへダメージが来るという。

「だから、あんなふうに頭が割れるような痛みがあった、というわけですね」

『さよう』

俺の魂を守る鞘であやかしを叩いたのは、どうやら二回目らしい。以前、神社で倒れたことがあったけれど、あのときにも永久の花つ月を使ってあやかしを倒そうとしていたとか。そのときの記憶がないのは、蘆屋大神が消していたからだと言う。

「し、しかし、最初は、蘆屋大神が使うように、唆……いえ、アドバイスしてくださったような、あやふやな記憶がだんだんと甦ってきたのですが？」

そう問うと、蘆屋大神はチッと舌打ちする。

『衝撃で記憶が一部戻ったか。あのときは、あれがただの神刀だと思っていたのだ』

「永久の花つ月は、普通の神刀ではないということですか？」

『然り。あれは、人が振るえる品ではない。ゆえに、二度と使わぬよう記憶を消した。だがまさか、そこまで日を空けないうちに、同じ行動を繰り返すとは』

お恥ずかしい限りと恐縮していると、無理はするなと怒られてしまった。

『でないと、あの神使を荒ぶらせる結果となる』

神使、ミケさんのあの巨大な狐の姿は、怒りに身を任せ、神力ではなく、妖力を使って具現化されたものだと教えてくれた。

神力は、神聖な魂を磨き人々の信仰の力を受けて高まる力。一方、妖力は、自らの負の感情を糧とし人々の悪い感情を受けて高まる力らしい。ミケさんは妖狐になりかけていたようだ。蘆屋大神は、そんなミケさんを痛烈に批判する。

『あれは呆れた神使よ。己の感情を支配しきれず、悪の力に身を任せるとは』

ちがう。ミケさんは俺たちを守ろうとして……。

でも、その個人を助けたいという気持ちが神に仕える使いとして、ふさわしくないものなのだろう。すべては俺に責任がある。どうか彼女を責めないでくれと、頼み込む。父も同じ気持ちなのか、平伏していた。

『もしも、あれが神使でなくなった場合、お主は責を負うことになる』

「それは、はい。いかなる罰も、受けるつもり、です」

神の怒りに触れたら、頭の上に雷が落ちてくるかもしれない。怖い。怖いけれど、当事者のミケさんはもっと怖いだろう。この件に関しては、深く考えないようにした。

『ふうむ。楽観的な男よの』

ハムスターに身を移した蘆屋大神は目を細め、意地悪を言うような声で「チュウ」と鳴いた。その刹那、部屋の中の張り詰めた緊張感がなくなった。父の手のひらに鎮座していたはむ子さんはころんと転がり、次の瞬間ハッと目覚める。

「父さん、蘆屋大神様は、お帰りに？」

「みたいだな」

ふたり揃って大きな息を吐き、脱力する。結局、永久の花つ月の謎は解明しないままだった。

そのあと、四日ぶりにミケさんと会った。俯いて、なんだか気まずそうな感じだ。

「あ、あの、ミケさん、大丈夫だった？」

「なぜ、私の心配を？」

「だって……」

あの晩、妖狐の姿のミケさんは、とても苦しそうだった。

「だから――」

顔を覗き込もうとしたら、肩を強く突き飛ばされてしまった。恥ずかしいくらい、体がゴロゴロと転がっていく。

「あっ……」

起きあがったら、ミケさんはショックを受けたような顔をしていた。目が合うと、サッと逸らされる。

「ミケさん、やっぱり、もう少し休んだほうが……」

「私は平気です。今までとは、ちがいますから」

それは、妖狐になってしまったことを言っているのか。

「ちがわないよ。ミケさんは、ミケさんだから」

ミケさんは首を横に振って否定するけれど、それを決めるのはミケさんではない。俺だ。

「俺がミケさんをどう思うかは、俺が決めるから」

「でも、私は一度、化け物に、成り果てました。もう、神使には、戻れません」

「そんなことはない。ミケさんは、神社を守った。立派な神使だ」

「しかし……」

「俺がそう言っているんだから、絶対そうに決まっている！」

ミケさんの目をまっ直ぐに見て言ったら、コクリと頷いてくれた。


大村さんは憑き物が落ちたので、すっかり元気になったらしい。

数日後の週末、俺もミケさんも回復して、通常どおり神社の手伝いをしているところに報告にやって来た。周りの店員も元気になったらしく、よほど嬉しかったのか、大村家に伝わる刀をうちの神社に奉納してくれるというのだ。

「本当に、よろしいのですか？」

「ええ。蔵の中で誰の目にも触れずにあったものなので、ここで管理してもらえるほうがいいかなと」

大村さんが奉納してくれたのは太刀で、銘は『宵闇ノ鋼月（よいやみノこうげつ）』というものらしい。触れるとビリッと電気のようなものが走った気がした。なにか、強い神力のようなものがこもっているような。抜いてみたが刃こぼれもなく、綺麗な状態だった。

「おそらく、戦国時代につくられたものだと」

「おお、それは、すばらしいです……！」

父は手と手を合わせ、ありがたがっている。柄や鞘を見たら、長い月日が経っていることがわかる。

すぐさま、奉納の舞と共に有馬大神の社に捧げられた。

大村さんが帰ったあと、境内の掃除をしながら永久の花つ月についてミケさんと話す。

「しかし、永久の花つ月がとむの体の一部だったとは」

「それであやかし叩いたら、倒れるわけだよなーって」

「…………」

「ミケさん、どうかした？」

「いえ。以前、狐鉄が言っていたような気がしたのです。緊急事態のときは刀を抜けと」

そういえば、ミケさんは完全体ではなく、記憶も一部抜け落ちていると言っていた。

「そのときの物言いが、まるで、自分の中に刀の刃があるような感じで」

「じいさんの中にあった永久の花つ月が、俺の体に移って今に至ってるわけ？」

「だと、思います」

「だったら、永久の花つ月は俺の中から刃を抜くってことにならない？」

「そう、ですね。そのはずです」

しかし、しかしだ。永久の花つ月の鞘と柄はここにある。なぜ、刃と別になっているのか。わからない。

「狐鉄が、とむにもっと説明していたら、こんなことには……」

「うーん。前に、夢枕にじいさんが立ったときは、ミケさんと協力してなんたらとか言っていたような気がする」

「私と、とむが協力して……」

でも、それは神社を守ってくれというメッセージで、永久の花つ月とは関係ないのかもしれない。

「ミケさんと協力って具体的にはどんなことが……」

「とむ、この刀、ふたりで抜くのでは？」

「試してみよう！」

まず、ミケさんが鞘を持って、俺が柄を握る。

「ミケさん、いくよ」

「はい」

いっせーのーせ！　で一気に引いた。しかし、びくともしない。

「だめか」

「とむ、今度は逆です」

「あ、そうか」

続いて、ミケさんが柄で、俺が鞘を持つ。

「では、行きますよ」

「いっせーのーせ！」

ミケさんが思いっきり柄を引く。きちんと踏ん張って、引っ張られないようにした。

「あ！」

「え？」

あっさりと、刀が抜け、反動でミケさんは尻もちをついた。いったい、どういうことなのか。しかし、それ以上に驚くべきことがあった。

「え、な、なんで？」

「これは……」

ミケさんが握る柄には、刃がなかった。俺の持っている鞘にも、刃はない。

「そう、ですよね。刃は、とむの中にあるのですから」

「あ、そっか」

鞘から抜けたのはよかったけれど、刃がなければ意味がない。

「なんだろう。俺がピンチになったら、刃が現れるとか？」

「そうだとしたら、今までも刃のみ現れていたかと」

「そ、そうだよね」

きっと、ミケさんが刀を使うから、意味があるのだ。

「しかし、刃はどうやって……」

「俺が握ったら、刃が出てくるかも！」

ミケさんから柄を受け取ったが、柄だけでもダンベルのように重たくてすぐに床に下ろしてしまう。ずっと握っていたけれど、刃が現れることはない。

「これ、なんなんだよ……」

「本当に」

――謎は深まるばかりだった。


午後には意外すぎるお客様がやって来た。玄関を開いたら、豆柴のモチより小さな二匹の小さな白狐がいたのだ。

『ふう、京都から長崎に来るまで大変だったのですよ』

『ですよ！』

小狐の声が、脳内に響く。彼らは、神使仁枝狐乃葉（ひとえこのは）に命じられてやって来た、神使見習いらしい。京都から旅してきたようで、唐草模様の布に包んだ荷物を背負っている。

『ここでの任務を全うしたら、一人前の神使として認められるのです』

『です！』

しばらく、神社の神使像の代わりを務めてくれるようだ。これで、氏子さんたちも安心するだろう。

『あやかしの調査もしておきますので』

『ので！』

それは助かる。小テスト前だし、調査をしている時間がなかったのだ。

「私も同行します」

「まあ、無理のない程度に」

とりあえず、ここは神使見習いとミケさんに任せることにした。

――その日の晩、不思議な夢を見た。大きな大きなあやかしがやって来て、神社を破壊するのだ。すぐにミケさんがやって来て応戦するけれど、神器は破壊され、戦う手段を失ってしまう。ミケさんはあやかしに食べられてしまった。

ここで、夢が終わる。

ハッと目覚めて、起きあがる。全身汗でびっしょりだった。

なんだか、最初にあやかしに襲撃された晩に似ている。不安がじりじりと、胸の辺りを炙っているようだった。このままでは眠れない。一度、ミケさんと話をしよう。

そう思ってミケさんが寝ている妹の部屋の扉を開いた途端、目の前がまっ暗になる。

いや、夜だし、まっ暗なのも当然なのだが、じいさんが死んでから夜目が利くようになっていたのに……どうして？

『とむ、とむや』

熟睡している孫に、語りかける。

『とむ、起きんか』

とむに、酒の相手をしてくれと言ったら、いつもニコニコしながら話を聞いてくれた。もちろん、酒を飲ませるわけではない。酔っているふりをして、昔話をしていたのだ。

『とむ。頼むから、起きてくれ』

優しい孫……とむ。早く目覚めてくれないと、時間がないのに。

もっともっと、たくさん教えておけばよかった。年寄りの言うことだからと、話を信じない輩が大半の中、とむだけはいつもわしの話に耳を傾け、信じてくれた。

一家の中でも、とむはずば抜けて強い神力があった。本人はまったく気づいていなかったが。大人になったら、あやかしとの戦い方も教えようと思っていたのに……。

永久の花つ月の失われてしまった刃を、とむが成人するまでに捜し出そうと考えていたのだ。しかし、人としてのわしの時間は、突然終わってしまった。

後悔ばかりだ。邪鬼の話も、きちんと伝えておけばよかった。

あやかしの中でも最強と言われる邪鬼は、人の悪しき感情から生まれる。昔は辛い時代だった。秩序はなく、戦争が起き、腹を空かせた子どもたちがいる。

その時代は、多くの邪鬼がいた。邪鬼は人を喰い、力を大きくしていく。

餓死した、流行り病で死んだ、災害に巻き込まれた。そんな死因のすべては、邪鬼が人を手にかけたものだった。

邪鬼から人々を救ったのは、神社だった。祈りを捧げ、魂を清浄化させる。さすれば、邪鬼は滅びてしまう。人は神に祈ることで、邪鬼を遠ざけていた。

だが、長い長い時を経て、人々の信仰心は薄くなる。そんな中で、悪しき感情が大きくなったとき、人々は邪鬼に呑み込まれるのだ。

『悪い気持ちは溜め込むな。神様に頼んで、綺麗にしてもらうんや』

眠り続けるとむに、語りかける。

『とむや、家族を大事に、三狐のことも、頼んだぞ』

そう囁いた瞬間、体が光に包まれる。

ああ、もう、時間か。

どうか、家族に、安寧がもたらされますように。神に願いは届かないかもしれないけれど、願わずにはいられない。

パラパラと、体が崩れていく。それと共に、意識も遠のいていった。

『みな、さよなら』

まっ暗だ。どうして、なにも見えない？

「わっ!?」

近くになにかがいた。気づいた瞬間、全身に鳥肌が立つ。同時に、視界が戻ってきた。

それは、夢の中で見た、大きな大きなあやかしだった。姿形は、ガマガエルのようで、額から長い角が突き出している。全長は七メートルくらいだろうか。

まっ赤な目に、とげとげの歯が覗く裂けた口が不気味だ。手を伸ばしたら、届きそうなほど近くにいる。今までのあやかしとは雰囲気がちがい、酷く禍々しい。

どうやら、俺はこのあやかしに誘拐されてしまったようだ。事件が解決しないことを不安に思っていたから、あやかしを引きつけてしまったのか。

恐ろしくて、指先が、肩が、震えてしまう。今にも、叫び出したい。けれど、震える歯をぐっと嚙みしめ、恐怖心を押し隠す。

こういう存在は、きっと、恐れたら恐れるほど力を増していくのだろう。

「お、お前なんか、ぜんぜん、怖くないからな！」

なんで、こんなことを言ってしまったのか。自分でもよくわからない。この発言であやかしを煽ってしまったようで、パックリと大きな口が開く。

「うわあっ！」

食べられる！　と思ったが、衝撃は襲ってこない。その代わり、お腹の上にぽとんとハムスターが降りてくる。

「え、はむ子さん？」

『否、身どもだ』

「あ、蘆屋大神様……！」

時同じくして、あやかしの体が吹っ飛ぶ。豪快な体当たりをかましたのは、大きな金色の狐の姿をしたミケさんだ。この前みたいな禍々しさはない。しゅっとした、凜々しい狐の姿だ。きっと、神力を使って具現化させた姿なのだろう。

周囲の景色がぐにゃりと歪み、闇が消えてなくなる。瞬きをした瞬間、別世界となっていた。

「ここは――？」

『七ツ星稲荷神社ですよ』

『すよ！』

近くにいた、神使見習いの小狐たちが教えてくれた。周囲は薄暗いけれど、たしかにここは神社の境内であった。

『邪鬼が、あなた様を攫い、大騒ぎでした』

『でした！』

「じゃ、邪鬼って？」

『邪鬼は、強力なあやかしです』

『です！』

あのガマガエルみたいなのが、邪鬼なのか。その疑問に、蘆屋大神が答えてくれた。

『あれは、小邪鬼よ』

「あんなに大きいのに、小さな邪鬼、なんですね……！」

ミケさんと小邪鬼は、小競り合いとなっていた。力は、互角なのか。

『否。このままでは、あれは負ける。邪鬼は、神力では倒せん』

「だったら、なにを使って退治をするのですか？」

『邪鬼を倒せるのは、名だたる刀匠がつくった神刀のみ』

「神刀って、永久の花つ月のことですよね?」

『然り』

「えっ、うわっ、どうしよう」

そうこうしているうちに、ミケさんは小邪鬼に組み敷かれる。首筋に噛みつかれ、悲痛な叫び声をあげていた。

変化の術が解け、狐から少女の姿に戻ってしまう。が、ミケさんは戦意喪失状態にはなっていないようで、まだ戦うつもりのようだ。

檜扇を使って風を起こしたが、小邪鬼にとってはそよ風だったようで、咆哮と共に、打ち消されてしまった。その衝撃で、ミケさんの体は吹き飛ぶ。

「ミケさん! ミケさん、しっかり!」

慌てて駆け寄り、ミケさんを抱き起こす。

「とむ、下がって、いてください」

「わかっているけれど!」

俺はなにもできない。だから、こうして倒れたミケさんを支えることしかできないのだ。

「ミケさん、蘆屋大神様が言っていたんだけど、邪鬼は神刀でしか倒せないんだ」

「そう、だったのですね」

そんな話をしているうちに、小邪鬼が接近してくる。ミケさんを持ちあげようとしたが、死ぬほど重かった。

「はあ、はあ、うっ。ミケさん、なんで?」

「一応言っておきますが、重さの大半は、永久の花つ月です」

「あ!」

そんな会話をしていたので、小邪鬼の接近を許してしまった。大口を開けて、俺たちを呑み込もうとしている。

「うわー!」

ミケさんを庇うように立った。もう、どうにでもなれ! と思いながら。

小邪鬼に呑み込まれ、鋭い歯でばりんばりんに砕かれるだろう。しかし、その予想は外れた。

「へ?」

目の前に、戦国武将が現れ、小邪鬼に斬りかかったのだ。

「あ、あなた様は——有馬大神様!」

蘆屋大神だけではなく、有馬大神まで助けに来てくれたようだ。

『すまぬが、私は長い間具現化できん。それに、この刀は神刀ではないから、邪鬼は倒せぬぞ』

手にしているのは、大村さんから賜った宵闇ノ鋼月だ。刀の力を借りて、具現化しているようだ。

「ど、どうすればいいのか」

『もう、逃げよ』

「しかし、蘆屋大神様……！」

『いいから、逃げよ』

ひとりで逃げるわけにはいかない。ミケさんを連れていかなければ。

「とむ、私のことはいいので、ひとりで逃げてください」

「いや、それができないんだってば」

こんなにボロボロなのに、ミケさんを見捨てることなんてできない。だが、このままでは持ちあげることはできないので、ミケさんの腰から永久の花つ月を引き抜こうとする。

「とむ、だめです」

「だめじゃないから」

ミケさんは柄を掴み、俺は鞘を引く。と、パックリと、簡単に永久の花つ月はふたつに分かれた。こういう仕組みだったことを、すっかり忘れていた。ミケさんを横抱きにしようとしたが、抵抗される。

「とむ！」

「ミケさん、おとなしくして——」

ミケさんが俺の胸を柄で叩いた瞬間、全身の力が抜ける。ずるりと魂が抜かれるような、不思議な感覚があった。

「え？」

ミケさんの驚く声を、ずいぶんと遠くから聞く。抱きあげようとしていたのに、どうしてこんなに遠いのか？

「刀が……顕れた」

ミケさんの手には、純白の刀が握られている。

「これが、永久の花つ月！」

とうとう刀を手にすることができたようだけれど、どこから出てきた？

その疑問に、蘆屋大神が答えてくれた。

『あれは、鬼の子の体の中から出てきたものだ』

『へ、どうやって？』

『刀を抜くように、お主の体に柄を当てて引いたら、すうっと出てきよったぞ』

『ええ――？』

っていうか、今の俺、体がおかしいというか、フワフワしているっていうか。

今の状態を、蘆屋大神が教えてくれた。

『俗に言う、霊体というやつだ』

『な、なんだってー！』

ミケさんに刀を提供する代わりに、俺はお化けになってしまったようだ。受け入れられない状況だけれど、今は小邪鬼との戦いに集中しなければ。

『もう、限界か。すまんの』

具現化していた有馬大神の体が、だんだん薄くなっていく。

『あ、有馬大神様！　ありがとうございました！』

有馬大神の具現化が解けるのと同時に、永久の花つ月を握ったミケさんが前に躍り出る。ボロボロのミケさんだったが、永久の花つ月を手にしたことによって、神力が元に戻ったのだ。

ミケさんは小邪鬼を力強く睨んだあと、刀を振りあげて一撃を食らわせる。

以前、鞘であやかしを殴って大きなダメージを受けたことがあったので、斬りつけた瞬間、思わず目を閉じてしまった。しかし、衝撃は襲ってこない。永久の花つ月は小邪鬼を傷つけ、大きな衝撃を与えているようだった。

一撃、二撃と連続で斬りつける。小邪鬼は抵抗することなく、斬り刻まれていく。そして、その姿は消えてなくなる。

『さて、仕上げとするか』

はむ子さんの体を借りて実体化していた蘆屋大神は、地面に降り立つとなにやら手足を動かしていた。なにかの術式を展開させているようだ。小さなハムスターの体なので、可愛いとしか言いようがない。

タン！　と地面を両足で踏んだ瞬間、境内は光に包まれた。

これは、なんなのか？

「とむ、これは、結界です。今までにない、強力な……！」

なんと、蘆屋大神は壊れてしまった結界を修繕し、さらにパワーアップさせてくれたようだ。

『蘆屋大神様……前は結界を張りなおすのはいやだと言っていたのにどうして？』

『邪鬼の存在が気に食わぬからだ！　まさか、現代で相まみえることとなるとはな！』

邪鬼は陰陽師の宿敵らしい。視界にも入れたくないほど嫌っているようだ。

『身どもは安倍晴明の次に、邪鬼が好かぬ！』

『蘆屋大神様、ありがとうございました』

『二度はないからな！』

『はい！』

蘆屋大神ははむ子さんの体から抜け出し、消えていった。

――これで、この街はあやかしの出現を防げる。邪鬼も、やって来ないだろう。

「とむ、ありがとうございました」

『いや、これは、ミケさんの頑張りで、俺はなにも……』

「あ、いえ。刀をありがとうという意味です。今、返しますね」

そう言って、地面に倒れた俺の体に、ミケさんは刀を突き刺そうとしている。

『え、待って。その刀、そんなふうに返すの？　大丈夫なの？』

「では、いきますよ」

――ぎゃあああああ……。

恐怖で目をつむり、以降の記憶がなくなった。

ようやく、平和が訪れた。もう、怪異現象に悩まなくてもいいだろう。この街には、蘆屋大神のつくった強力な結界がある。

ミケさんは、すぐにでも七ツ星稲荷神社の神使に戻ると言った。そういう約束だったし、覚悟もできていた。

けれど、寂しい。父も母も妹も犬のモチだって、ミケさんを家族同然に思っていた。

「しかし、私は神の御使い。務めを果たさなければ」

「ミケさん……」

自宅の前で、ミケさんは手を差し出す。別れの握手なんてしたくないんだけれど……。

「とむ、ありがとうございました。あなたと、あなたたちと過ごす時間は、とても、かけがえのないもので——」

「ミケさん……」

ミケさんは話をしているうちに、ボロボロと涙を流す。そんなミケさんのもとに、神使見習いの小狐がやって来た。お別れのときが来たようだ。

『三狐様ー、お手紙が届いております』

『おります！』

「どなたからです？」

『宇迦之御魂神（うかのみたまのかみ）様からです』

『です！』

「え!?」

なんと、伏見稲荷大社の主神である、宇迦之御魂神より手紙が届いたようだ。ミケさんはホオノキの葉に書かれたそれを受け取り、読みはじめる。

「——なっ！」

「ミケさん、どうしたの？」

手紙を、そのまま俺に渡してくる。ホオノキの葉には、びっしりと難しい漢字の羅列が……。現代語訳をするならば『神使、葛葉三狐へ――貴殿は現世の食べ物の過剰摂取が原因で、人間になりかけている。神使に戻るのは、難しいだろう』と書いてあると、ミケさんが通訳してくれた。

「ってことは、ミケさんは、うちで暮らすしかない？」

『みたいですねえー』

『ねえー』

代わりに、伏見稲荷大社の白狐社から派遣された小狐が、七ツ星稲荷神社の正式な神使見習いに昇格したようだ。ミケさんは、神使見習いの指導をするように命じられたらしい。突然の昇格に、小狐たちは喜んでいた。

『正式な神使見習い、やったー！』

『やったー！』

「やったー！」

俺も小狐たちと一緒になって喜ぶ。勢い余ってミケさんの手を握ってしまった。

ミケさんは目をまん丸にして、俺を見る。

「俺、ミケさんと、ずっと一緒にいられるんだ！」

「とむ、本気なんですか？」

「なにが？」

「ずっと一緒に、という部分です」

「もちろんだよ。これからも、ふたりでこの神社を守っていこう」

それは、きっと今までミケさんがしていたことと変わらない。

そう言ったら、やっと微笑んでくれた。

「ふつつか者ですが、どうぞよろしくお願いいたします」

そう言って、ミケさんは大和撫子らしく頭を下げたのだった。

こうしてやっとのことで、七ツ星稲荷神社はいつもの姿を取り戻した。これからもずっと、平和な日々は続くだろう。

主な参考文献

『現代人のための祝詞—大祓詞の読み方』　岡田荘司監修　阪本是丸監修　大島敏史編著
中村幸弘編著　右文書院
『知識ゼロからの神社入門』　櫻井治男著　幻冬舎
『知識ゼロからの神社と祭り入門』　瓜生中著　幻冬舎
『安倍晴明—陰陽師たちの平安時代』繁田信一著　吉川弘文館
『日本人なら知っておきたい神道』　武光誠著　河出書房新社
『さらにパワーをいただける　神社の謎』合田道人著　祥伝社

本書はフィクションであり、実在の人物および団体とは関係がありません。

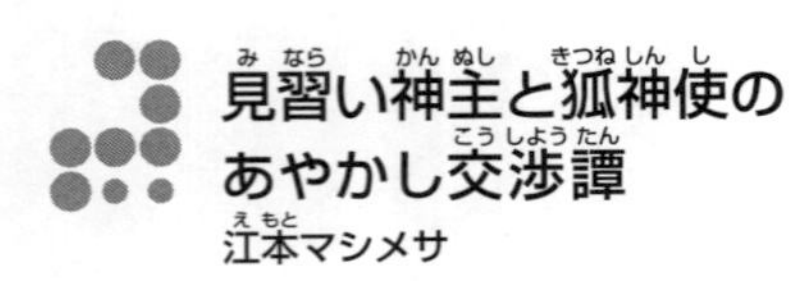

2019年1月5日初版発行

発行者……長谷川 均
発行所……株式会社ポプラ社
〒102-8519 東京都千代田区麹町4-2-6
電話……03-5877-8109(営業)
03-5877-8112(編集)
フォーマットデザイン 荻窪裕司(bee's knees)
組版・校閲 株式会社鷗来堂
印刷・製本 中央精版印刷株式会社

ポプラ文庫ピュアフル

ホームページ www.poplar.co.jp

N.D.C.913/287p/15cm
ISBN978-4-591-16132-6
P8111266